Birgit Vanderbeke

Wer dann noch lachen kann

Birgit Vanderbeke

Wer dann noch lachen kann

Roman

PIPER

Mehr über unsere Autoren und Bücher:
www.piper.de/literatur

Von Birgit Vanderbeke liegen im Piper Verlag vor:

Alberta empfängt einen Liebhaber
Das lässt sich ändern
Das Muschelessen
Der Sommer der Wildschweine
Die Frau mit Hund
Die sonderbare Karriere der Frau Choi
Gebrauchsanweisung für Südfrankreich
Ich freue mich, dass ich geboren bin
Ich sehe was, was du nicht siehst
Wer dann noch lachen kann

FSC
www.fsc.org
MIX
Papier aus verantwortungsvollen Quellen
FSC® C014496

ISBN 978-3-492-05839-1
Originalausgabe

Satz: Satz für Satz, Wangen im Allgäu
Gesetzt aus der Minion
Druck und Bindung: GGP Media GmbH, Pößneck
Printed in the EU

Man darf nie vergessen, dass ein lebender Körper, ein lebendes Wesen, sei das eine Pflanze, ein Tier oder ein Mensch, nicht nur in der Lage ist zu funktionieren. Jeder Mensch hat in sich selbst das Potenzial, sich zu reparieren, man könnte sagen, sich zu heilen. Dieses Potenzial ist enorm, vermutlich ist es viel wichtiger, als wir uns vorstellen können, vorausgesetzt, es drückt sich aus.

Daniel Grosjean

Das große Karthago führte drei Kriege.
Es war noch mächtig nach dem ersten,
noch bewohnbar nach dem zweiten.
Es war nicht mehr auffindbar nach dem dritten.

Bertolt Brecht

Es gibt nur einen einzigen Menschen, der auf Sie aufpassen kann.

Das sind Sie. Sonst niemand.

Natürlich sind wir inzwischen digitalisiert, und möglicherweise weiß Ihr Kühlschrank, was Ihnen fehlt.

Aber trotzdem weiß jeder, dass er der einzige Mensch ist, der auf sich aufpassen kann, nur ist es anstrengend, auf sich aufzupassen.

Das ist ganz ähnlich wie mit dem Denken. Es ist anstrengend, zu denken, deshalb ist man immer in Versuchung, es andere für sich machen zu lassen.

Es hilft aber nichts: Es gibt nur einen einzigen Menschen, der für Sie denken und auf Sie aufpassen kann. Das sind Sie. Und wenn Sie es nicht können, kann es niemand für Sie tun. Auch Ihr Kühlschrank nicht.

Anfangs sind da natürlich noch die Eltern. Wenn Sie großes Glück hatten, haben Ihre Eltern eine Zeit lang auf Sie aufgepasst. In dem Fall können Sie sich gratulieren.

In dieser Sache hatte ich ein bisschen Pech.

Eigentlich nicht der Rede wert und jedenfalls nicht dieses große Pech, das andere Kinder haben, denen wir gerade dabei zuschauen könnten, wie ihre Eltern nicht auf sie aufpassen können, weil sie am Verhungern sind, am Verdursten oder weil sie abhauen, nachdem ihnen das Haus über dem Kopf zusammengeschossen worden ist und es der reine Zufall war, dass sie mit dem Leben davongekommen sind. Und dann machen sie sich auf den Weg und versuchen, auf sich aufzupassen und auf ihre Kinder, wenn sie an eine Grenze kommen und Hunde auf sie gehetzt werden, wenn sie aufgehalten werden von Männern, die ihnen eins überziehen, und dann werden sie zusammengepfercht auf dreckigen Geländen, oder die Boote, auf denen sie abhauen wollten, kippen um, laufen voll Wasser, kentern, und sie ersaufen.

Diese Eltern würden vielleicht gern noch eine Zeit lang auf ihre Kinder aufpassen, aber dann sind sie ertrunken und können nicht mehr aufpassen auf sich und auf ihre Kinder. Falls die Kinder nicht auch ertrunken sind, sondern zusammengepfercht werden, von Hunden gebissen, ohne Schuhe, ohne Bett, ohne

Dach überm Kopf, ohne Stimme in der Welt. Und ich schwöre Ihnen, diese Kinder wissen, dass es niemanden gibt, der auf sie aufpassen kann, und niemanden, der auf sie aufpassen wird.

Natürlich schauen Sie den Kindern nicht dabei zu. Ob sie ein bisschen Pech haben oder das richtig große Pech, das mit der komplizierten Welt zusammenhängt, in der es gerade passiert: Sie schauen ihnen dabei nicht zu, weil Sie weit weg davon sind.

Jedenfalls könnte man das denken. Trotz allem könnte man denken: wie weit wir weg davon sind. Damit haben wir gar nichts zu tun. Das müssen wir nicht sehen. Das wollen Sie gar nicht wissen.

Vielleicht stimmt das? Vielleicht wollen Sie es gar nicht wissen? Vielleicht, weil es Ihnen den Magen umdrehen würde, wenn Sie hinschauen würden?

Sie sollten aber ganz genau hinschauen.

Jedenfalls hatte Onkel Winkelmann das gesagt, als wir alle im Flüchtlingslager gewesen waren und er mit Tante Eka und Onkel Grewatsch im Zimmer neben uns gelebt hat. Eigentlich waren sie gar nicht meine Onkel und meine Tante, sie lebten nur zufällig im Zimmer neben uns, aber ich wäre gern mit allen dreien verwandt gewesen, auch wenn meine Mutter nicht wollte, dass ich zu ihnen hinüberging, weil es unanständig war, dass Tante Eka zwei Männer hatte und alle drei zusammen in einem Zimmer im Flüchtlingslager hausten. Unanständig und ungehörig sei das, sagte meine Mutter, aber ich ging trotzdem gern zu ihnen hinüber, weil sie sich oft unterhielten, und wenn ich bei ihnen war, unterhielten sie sich auch mit mir.

Du musst ganz genau hinschauen, hatte Onkel Winkelmann zu mir gesagt.

Der Krieg war noch gar nicht so weit weg, auch wenn ich erst zehn Jahre danach geboren worden war. Als wir ins Flüchtlingslager kamen, war ich fünf, aber für den Zweiten Weltkrieg waren die zehn oder zwanzig Jahre anschließend gar nicht so sehr viel Zeit, wie man vielleicht denken könnte, weil er gleich nach dem Ersten Weltkrieg das größte Unglück war, das der Welt hatte passieren können, und die Welt brauchte sehr, sehr lange, um sich davon wenigstens halbwegs zu erholen. Onkel Winkelmann hatte den ganzen Krieg von Anfang an mitgemacht bis fast zum Schluss, weil er nicht rechtzeitig hingeschaut hatte. Aber irgendwann hatte er nicht mehr anders gekonnt als hinzuschauen, und da hatte es ihm so den Magen umgedreht, dass er abgehauen und zuletzt in Sibirien gelandet ist.

Als wir alle im Flüchtlingslager waren, hat er sehr oft gesagt, dass er schon viel früher ganz genau hätte hinschauen müssen, und wenn er und alle anderen besser hingeschaut hätten, hätte es ihnen womöglich beizeiten den Magen umgedreht, und dann wäre es vielleicht gar nicht passiert, und der Welt wäre der Irrsinn erspart geblieben. Nachdem er das mit dem Irrsinn gesagt hatte, machte er eine Pause und sagte, der mörderische Irrsinn.

Dann schüttelte er den Kopf und sagte, das wirst du nicht mehr los. Das wirfst du dir dein Leben lang vor.

Er sagte es nicht zu mir, nur so ganz allgemein, und er sah traurig dabei aus.

Aber dann sah er mir zuletzt immer genau in die Augen und sagte etwas zu mir, das ich mir merken sollte; und ich merkte es mir auch ganz genau, weil es wichtig für ihn war und er mich persönlich damit meinte.

Er sagte, immer ganz genau hinschauen, hörst du? Das ist schon alles.

Ich versuchte also immer ganz genau hinzuschauen, aber es ist nicht einfach, ganz genau hinzuschauen, während es einem den Magen umdreht.

Ich hatte das Pech, dass es mir schon ziemlich von Anfang an passiert ist, also habe ich mich irgendwann zusammengenommen und gesagt, du musst ganz genau hinschauen, weil du sonst nie herausbekommst, wie es passiert, und das musst du herausbekommen, damit es dir nicht noch einmal passiert.

Das ist logisch, das müssen Sie zugeben, und das war es, was Onkel Winkelmann gemeint hatte.

Erstaunlicherweise dreht es mir viel mehr den Magen um, wenn ich hinschaue, während es jemand anderem passiert, als wenn ich hinschaue, während es mir selbst passiert. Das ist gut so, weil man besonders genau hinschauen muss, während es einem selbst passiert, sonst heißt es, man hätte es auch noch selbst gemacht. Also darf es einem nicht den Magen umdrehen, sonst schaut man nicht ganz genau hin, und dann weiß man wieder nicht, wie es einem passiert ist, und schließlich glaubt man, man hätte es selbst gemacht, was aber sicher nicht stimmt. Ich zum Beispiel würde es nie im Leben machen, wo es mir schon den Magen umdreht, wenn ich nur hinschaue.

Manche schauen natürlich auch ganz genau hin, nur um herauszufinden, wie man es macht, und ob es denen den Magen umdreht, weiß ich nicht. Ich glaube nicht.

Als ich klein war, bin ich, sobald es losging, wie das siebte Geißlein in den Uhrenkasten geschlüpft, der bei uns im Wohnzimmer stand, und habe ganz genau hingeschaut.

Aus meinem Versteck heraus konnte ich sehen, wie es lief: Das Kind musste sich die Hose runterziehen und auf den Bauch legen. Wenn es losging, war es besser als vorher, weil es dann irgendwann auch wieder aufhören würde.

Dann kam das Verhör. Es war immer gleich. Alle Verhöre sind gleich.

Ist es so, dass du?

Ja. (Aber es war ganz anders, lass es mich doch erzählen, ich erzähle, wie es war.)

Ein Schlag.

Hast du?

Ja. (Wir alle zusammen, wir waren doch alle zusammen, und es war ein Spiel.)

Ein Schlag.

Wusstest du nicht, dass?

Nein. (Nicht so richtig, es war nichts dabei, es war ein Spiel, ich schwöre, es war gar nichts dabei.)

Zwei Schläge.

Hat es?

Ja. (Und wie, wir hätten es nicht gemacht, wenn es nicht lustig gewesen wäre, wir haben gelacht, und es war ein Spiel, sonst nichts weiter.)

Zwei Schläge.

Ist es richtig, dass?

Nein. (Ich weiß es doch nicht, woher soll ich das wissen.)

Ein Schlag.

Willst du, dass?

Nein. (Was hat das denn damit zu tun.)

Ein Schlag.

Wirst du?

Ja.

Ein Schlag.

Hast du daran gedacht, wie?

Nein. (Da gab's doch überhaupt nichts zu denken, es ist doch gar nichts passiert.)

Zwei Schläge.

Wirklich nicht?

Nein. (Natürlich nicht, ich hab's doch gar nicht gewusst.)

Zwei Schläge.

Willst du?

Ja. (Nein, nein, nein, ich muss.)

Zwei Schläge. (Wieso zwei?)

Versprichst du, dass?

Ja. (Nein, ich weiß doch gar nicht, was ich versprechen soll.)

Ein Schlag.

Haben wir uns verstanden?

Ja. (Nein, weil alles ganz anders war, warum fragst du nicht, wie es war, ich würde es erzählen.)

Manchmal hörte es da auf. Meistens nicht. Mein Vater nahm die Brille ab und wischte sich den Schweiß von der Nasenwurzel. Das konnte ich vom Uhrenkasten aus sehen.

Das Kind dort unten hört auf zu schreien. Es ist wieder kein Indianer gewesen, aber es hat erst ganz zum

Schluss angefangen zu schreien. Es dreht sich um. Die Tür geht auf. In der Tür steht die Mutter. Sie heult.

Verräterin, denkt das Kind. Petze. Tut so, als tue es ihr leid.

Was der Vater denkt, weiß es nicht.

Ein Schlag für die richtige Antwort, zwei Schläge für die falsche. Das Kind darf nichts sagen außer Ja oder Nein.

Das Kind fragt sich, wie er das wissen kann, das mit dem Richtig und Falsch. Das mit dem Wahr und Gelogen. Das mit dem Gut und Böse.

Er weiß es eben.

Aber das Kind weiß auch etwas. Es weiß, wie Indianer schwören. Und es hat dem Mikrochinesen etwas versprochen:

Ich sag's, schwört das Kind.

Aber es ist noch ein Kind. Ein Kind hat keine Stimme.

Teppichklopfer, sagt es sich. Merk dir unbedingt Teppichklopfer. Was für ein albernes Wort.

Der Mikrochinese hatte gesagt: Du wirst das erzählen.

Wem soll ich es sagen, hatte ich gesagt, und wenn ich es sage, wird es womöglich noch schlimmer.

Die meisten Leute, die ich im wirklichen Leben kannte, hatten keine Lust und keine Zeit, miteinander zu reden. Sie hatten immer Wichtigeres zu tun, sie mussten arbeiten und in die Stadt zum Friseur, zum Arzt, zum Einkaufen fahren, ihre Steuererklärung machen, den Urlaub planen und Weihnachten vorbereiten. Und wenn sie schon keine Lust und keine Zeit hatten, miteinander zu reden, hatten sie ganz bestimmt keine Lust und keine Zeit, sich anzuhören, was ihnen ein Kind erzählte.

Aber der Mikrochinese schüttelte den Kopf. Du wirst das erzählen.

Wo der Mikrochinese herkam, wusste ich nicht genau, jedenfalls kam er nicht aus einer der Welten, die ich gekannt hatte, bevor wir aus dem Osten weggegangen und in den Westen gekommen waren, und ich kannte ihn auch nicht aus einem Buch. Also nahm ich an, dass er aus einer ganz anderen Welt käme. Wahrscheinlich aus der Zukunft.

In der Zukunft gab es keine Kriege mehr und keine Hungersnot in Biafra, weil die Menschheit zur Vernunft kommen und nicht weiter alles kaputt machen würde. Der Vietnamkrieg und die Hungersnot kamen jeden Tag im Fernsehen, und wenn man hinschaute, drehte es einem den Magen um, und es war klar, dass es so nicht weitergehen konnte und dass die Menschheit bald zur Vernunft kommen würde, weil sonst die eine Hälfte im Krieg und auf der Flucht sterben müsste und die andere Hälfte würde verhungern.

Aus der Zukunft kannte ich nicht sehr viele Leute –

eigentlich nur mich selbst, wie ich in vierzig Jahren sein würde. In vierzig Jahren wäre ich groß, hätte eine tiefe Stimme und könnte selbst auf mich aufpassen, und es war jetzt schon gut, dass ich jemanden hatte, der groß war und auf mich aufpasste. Dann kannte ich noch den Kater Jeronimo, den ich später einmal haben würde, und sonst eigentlich niemanden weiter. Jedenfalls bis ich den Mikrochinesen kennenlernte, aber natürlich konnte ich davon auch keinem etwas erzählen, weil meine Eltern sagen würden, dass ich spinne.

Mein Vater sagte es eigentlich nicht, aber meine Mutter sagte, dass ich spinne.

Du bist nicht ganz bei Troste, sagte sie, oder sie sagte, Kind, du bist doch wohl nicht normal, du gehörst in die Irrenanstalt. Später sagte sie nicht mehr Irrenanstalt, sondern Klapse, weil sich das Wort geändert hatte und man nicht mehr Anstalt sagen durfte; Klapse durfte man sagen, allerdings nicht, wenn man mit Ärzten sprach. Wenn meine Mutter mit mir beim Arzt war, sagte sie, das Kind hat Unruhezustände, Herr Doktor, das ist doch nicht gesund, dass ein Kind schon solche Unruhezustände hat.

Weil sie es sagte, glaubte ich auch eine Zeit lang, dass ich nicht ganz gesund sei, aber seit meinem siebten Geburtstag hörte ich oft diese tiefe Stimme und wusste natürlich, dass es meine eigene Stimme war, die aus der Zukunft mit mir sprach und auf mich aufpasste. Später hatte ich auch noch den Mikrochinesen, dem ich alles erzählte. Die beiden sagten nicht, dass ich nicht ganz bei Troste wäre, und nach einer Weile glaubte ich auch selbst nicht mehr, dass ich spinne, sondern dass ich auf mich aufpassen müsste.

Meine Mutter sagte es aber immer wieder, und es machte sie unruhig, als sie merkte, dass ich ihr nicht mehr glaubte und anfing, auf mich selbst aufzupassen. Immer wenn jemand anfängt, auf sich selbst aufzupassen, macht es die Leute nervös, die auf ihn aufpassen wollen, und meine Mutter wollte unbedingt auf mich aufpassen. Auf meinen Vater natürlich auch, und als mein Vater nicht mehr wollte, dass sie auf ihn aufpasst, wurde sie auch nervös.

Das ist, falls Sie es vergessen haben sollten, etwas ganz Normales. Sie wissen das, und jedes Kind kann es Ihnen erklären: Erst hören sie dir nicht zu, weil sie sowieso genau wissen, was du denkst und was du willst und dass du grüne Bohnen magst, auch wenn du ihnen sagst, dass du keine grünen Bohnen möchtest. Sie hören dir einfach nicht zu und denken, wenn sie dir nicht zuhören, hältst du irgendwann die Klappe, bist endlich still und isst deine grünen Bohnen. Und wenn du es ihnen dreimal gesagt hast, denkst du allmählich selbst, du könntest eigentlich damit aufhören und die Klappe halten, weil sie sowieso nie zuhören.

Aber du kannst nicht damit aufhören, weil du wirklich keine grünen Bohnen magst, und du sagst es immer wieder, auch wenn sie dir nicht zuhören und sagen, die grünen Bohnen habe ich extra für dich gemacht. Das geht eine Weile so weiter, und wenn du dann immer noch nicht die Klappe hältst, erklären sie dich für verrückt.

Alle Kinder kennen das.

Meine Mutter hatte es bei mir mit Pyramidon versucht, aber das schien ihr nicht zu helfen. Megaphen wäre ihr lieber gewesen, aber mit Megaphen war das so eine Sache, weil mein Vater keine Medikamente von Bayer im Haus haben wollte, und Megaphen war ausgerechnet von Bayer. Mein Vater arbeitete in den Farbwerken. Die Farbwerke waren eine richtige große Familie, die für ihre Leute sorgte und auf sie aufpasste, jedenfalls sagte mein Vater, dass sie eine richtige Familie wären. Jeder, der in den Farbwerken arbeitete, war stolz darauf, in die Familie aufgenommen worden zu sein und dazuzugehören. Und natürlich hätte niemand etwas gekauft, was ausgerechnet vom ärgsten Konkurrenten kam, und der ärgste Konkurrent war nun einmal Bayer. Also gab meine Mutter mir Pyramidon, weil das von den Farbwerken war, aber sie fand, dass Pyramidon nicht so gut wirkte.

Meine Mutter arbeitete in der Schule, und wenn

sie nach Hause kam, war sie erschöpft von den vielen Schülern und weil sie nachts nicht gut schlafen konnte und am Morgen früh aufstehen und in die Schule musste. Dann ging die Arbeit mit dem eigenen Kind und dem Haushalt weiter, und sie konnte keinen Augenblick Ruhe finden, bis es endlich Abend war und sie eine Valium nahm, damit sie in dieser Nacht wenigstens schlafen könnte, aber es wollte nicht richtig klappen.

Weil meine Mutter Lehrerin war, störte es sie nicht, dass Valium von LaRoche war. LaRoche war nicht ganz so schlimm wie Bayer, aber manchmal stritten sich meine Eltern trotzdem deshalb.

Mein Vater sagte, es sei ein Verrat an der Firma, wenn meine Mutter sich Valium verschreiben ließe, und meine Mutter war beleidigt, dass er sie eine Verräterin nannte, aber sie wollte natürlich nicht zugeben, dass es ihr völlig egal war, von welcher Firma die Tabletten waren, Hauptsache, sie wirkten.

Also sagte sie, stellt ihr eigentlich kein Diazepin bei euch in der Firma her?

Es heißt Diazepam, sagte mein Vater und ärgerte sich, weil LaRoche sich dumm und dämlich verdiente, seit sie ihr Valium auf dem Markt hatten, und die Farbwerke hatten kein Diazepam auf dem Markt, weil sie sich gerade auf Insulin spezialisiert hatten und nicht auf Psychopharmaka. Meine Mutter wusste genau, dass

LaRoche die Einzigen waren, die das Diazepam bislang auf dem Markt hatten, und dass das meinen Vater ärgerte, und dann stritten sie eine Weile, bis meine Mutter vor Aufregung nicht schlafen konnte und ihre Valium nahm, und dann ging das Ganze am nächsten Tag wieder von vorne los. Manchmal gab sie mir abends im Badezimmer eine von ihren Valium und sagte, das wollen wir nicht zur Gewohnheit werden lassen, aber du musst dringend zur Ruhe kommen, und in dieser Sache ging sie oft mit mir zum Arzt.

Dauernd geht die Phantasie mit dem Kind durch, sagte sie, wenn sie wieder mit mir bei einem neuen Arzt und Spezialisten war, dauernd bildet sich das Kind alles Mögliche ein und erzählt Geschichten. Das Blaue vom Himmel herunter phantasiert dieses Kind, dass wir uns nicht mehr zu helfen wissen. Es lebt offenbar in einer anderen Welt, zu der wir keinen Zugang haben. Eltern müssen doch Zugang zur Welt ihrer Kinder haben, Herr Doktor, finden Sie das nicht auch, da macht man sich doch Sorgen. Das Kind hört Stimmen. Das ist doch nicht normal. Was sagen Sie, Herr Doktor, ist das noch normal? Ist das nicht ein Fall für Megaphen? Das soll ja Wunder wirken, habe ich kürzlich gelesen.

Es stimmt, dass ich manchmal in anderen Welten lebte.

Wenn Sie darüber nachdenken: Sie leben auch manchmal in anderen Welten.

Meine Mutter lebte auch manchmal in anderen Welten. Sehr oft lebte sie in der Welt, wie sie vor dem Krieg gewesen war. Vor dem Krieg war meine Mutter verlobt gewesen und hätte ihren Verlobten fast sogar heiraten können, alle waren fröhlich und sangen fröhliche Lieder. Alles war gut, die Bienlein flogen, die Fischlein sprangen, und es hätte so schön weitergehen können und immer noch besser werden, wenn erst einmal die ganze Welt so gut und immer besser geworden wäre und die fröhlichen Lieder gesungen hätte. Aber dann war alles anders gekommen, der Verlobte war im Krieg erschossen worden, das Land war kaputt geschlagen worden, und danach hatte es Jahre gedauert, bis alles wieder aufgebaut war und jeder ein Auto hatte.

Aber der Krieg war jetzt schon eine ganze Weile vorbei. Wir hatten sogar zwei Autos, weil die meisten Familien inzwischen Zweitwagen hatten. Aber trotzdem lebte meine Mutter noch immer sehr oft in der Welt vor dem Krieg, obwohl sie sagte, dass für Erwachsene nur das Hier und Jetzt zähle und man nicht nach hinten schauen dürfe, sondern nur hoffen müsse, dass alles irgendwann wieder so schön werden würde, wie es einmal gewesen war.

Ich hätte ihr gern von den Welten erzählt, in denen ich lebte, aber sie wollte nichts davon hören, weil sie erwachsen war und Wichtigeres zu tun hatte. Also blickte sie nach vorn, ging mit mir von Arzt zu Arzt und versuchte, jemanden zu finden, der ihr Megaphen für mich gab. Isolde Ickstadt hatte ihr kein Megaphen gegeben, als sie noch unsere Hausärztin gewesen war, aber sie war auch eine Frau gewesen. Danach ging meine Mutter nicht mehr zu Ärztinnen, sondern nur noch zu Ärzten.

Es stimmte andererseits nicht, dass ich in anderen Welten lebte, sondern alle Welten, in denen ich lebte, waren meine Welt, nur dass es eine recht große Welt war, weil sie einmal über den Globus reichte und wieder zurück. Es war auch nicht bloß die kleine Hier-und-jetzt-Welt, von der mir meine Mutter beibringen wollte, dass dies die einzige Welt ist, die es für Erwachsene gibt. Dabei geht die Welt vorne und hinten und oben und unten immer noch weiter, anstatt nur hier und jetzt zu sein. Sie geht noch viel weiter zurück als nur bis knapp vor den Krieg, der dann über alle gekommen war und die Welt kaputt gemacht hat. Aber immerhin hatte sie sich davon noch einmal erholt, und ich hoffte jeden Tag, wenn ich die Nachrichten sah, dass sich Vietnam und Biafra auch wieder erholen könnten, bevor sie kaputt gemacht und alle Menschen dort gestorben wären, und zum Glück kannte ich eine Menge Leute aus anderen Welten.

Aus der Vergangenheit kannte ich vor allem Georg Philipp Telemann und Wolfgang Amadeus Mozart, aber die hatten schon lange vor dem Krieg gelebt, sogar ein paar Kriege weiter davor. Beide waren Komponisten gewesen, und Telemann hatte Musik geschrieben, die mir ganz allein gehörte und die ich auf der Blockflöte spielen konnte. Wenn meine Mutter beim Friseur oder der Kosmetik oder beim Arzt war, konnte ich sie spielen, sooft ich wollte, weil ich dann allein war und niemand Kopfschmerzen davon bekam.

Die Noten von Mozart konnte ich auch auf der Flöte spielen, aber ich hatte sie nicht für mich allein. Meine Eltern kannten sie auch, sie hatten Schallplatten, auf denen sie drauf war.

Mein Vater pfiff manchmal Lieder von Mozart, die ich auf der Flöte spielte, und wenn er *Reich mir die Hand, mein Leben, komm auf mein Schloss mit mir* pfiff, wollte das meistens nichts Gutes heißen, aber Telemanns Musik pfiff er nicht und auch nicht die Musik von Georg Friedrich Händel, von dem mir mein Onkel aus Ostberlin Noten geschickt hatte. Die Noten waren für Altblockflöte, und ich hatte eine Sopranblockflöte, weil ich noch ein Kind war, also konnte ich Händel noch nicht richtig kennen, obwohl ich die Noten natürlich lesen konnte. Aber es nützt einem nicht sehr viel, wenn man die Noten nur lesen kann, weil man sie spielen können muss, damit sie klingen. Händel würde ich immerhin kennenlernen, sobald ich auf meiner Altblockflöte mit den Fingern die Löcher abdecken könnte, und das konnte jetzt jeden Tag so weit sein. Die Altblockflöte war von Moeck. Sie war weiß und hatte unten für den rechten kleinen Finger eine goldene Klappe, was mir gut gefiel, weil das unterste Loch für den kleinen Finger ziemlich schwer zu erreichen war.

Nach und nach würde ich noch eine Menge andere Komponisten kennenlernen, weil meine beiden Musikeronkel mir immer zum Geburtstag Noten schenkten. Und wenn ich später eine Querflöte bekäme, würde ich sehr viele Komponisten aus Hunderten von Jahren kennenlernen, und noch später würde mein Westonkel mir eine Klarinette schenken. Der eine Onkel war Dirigent in Ostberlin, und der andere hatte auch in Ostberlin in der Oper Klarinette gespielt, aber er hatte in Westberlin gewohnt, und irgendwann durfte er nicht mehr nach Ostberlin rüber, sondern musste in Westberlin bleiben. Dann wusste er nicht, was er mit seiner Klarinette machen sollte, weil er immer in der Oper gespielt hatte, aber schließlich ging er zum Polizeiorchester, obwohl er sagte, dass er da eigentlich nicht hingehen mochte, weil es ein Unterschied ist, ob du Klarinette in der Oper spielst oder für die Polizei. Bei der Polizei werden meistens nur Märsche geblasen, und die Polizei und die Märsche erinnerten ihn an seine Zeit im Militär. Mein Klarinettenonkel war im Krieg desertiert, weil er es nicht mehr aushalten konnte, Soldat zu sein und Sachen machen zu müssen, die er nicht machen wollte, weil es ihm schon den Magen umdrehte, wenn er dabei zusehen musste. Nachdem er desertiert war, konnte er sich bei einem Zigeunerzirkus verstecken und mit den Zigeunern Musik machen. Im Zirkus lachte er sich dann eine Zigeunerin an, und zuletzt biss ein Zirkuspferd ihm noch ein Ohr ab, aber das war schon kurz vor Kriegsende, und danach heiratete er die Zigeunerin, obwohl seine Mutter dagegen war. Meine Mutter war auch nicht einverstanden, weil Zigeuner immer mit Knoblauch kochen und dann nach Knoblauch riechen, deswegen ließ mein Onkel seine Frau in Berlin, wenn er uns besuchte. Eine Weile sah es so aus, als ob es keine Arbeit für einen Klarinettisten in Westberlin gebe. Aber als er schließlich die Stelle bei der Polizei bekommen hatte, sagte er, dass es doch etwas Gutes für sich habe, im Polizeiorchester zu spielen, weil er dafür eine Grundausbildung hatte machen müssen, und niemals sonst wäre er in seinem Alter noch auf die Idee gekommen, Judo zu lernen. Und so könne er zwar nicht mehr in der Oper spielen, dafür immerhin aber eine Kampfsportart aus Fernost, und dann sagte er zu mir, willst du mal sehen, wie Judo geht?

Natürlich wollte ich sehen, wie Judo geht. Meine Mutter sagte, nicht doch hier, nicht doch im Wohnzimmer, mach doch keinen Unsinn mit dem Kind, aber mein Onkel brachte mir in unserem Wohnzimmer den O-Goshi bei, weil man den als Erstes lernt, und danach hätte er mir auch noch den Uki-Goshi beigebracht, aber da war es dann Zeit für den Kaffee.

Wenn er uns besuchte, hatte er immer seine Klarinette dabei und spielte uns vor, was sie im Polizeiorchester so alles an Märschen blasen mussten, meistens ging es los mit der Berliner Luft, Luft, Luft, aber weil ihm das zu langweilig war, fing er an, etwas anderes daraus zu machen. Zuerst war die Melodie noch da, aber die Takte änderten sich, dann kam Tempo rein, und der Rhythmus geriet durcheinander. Um die Berliner Luft herum wurde es immer wilder und lustiger, weil meinem Onkel und seiner Klarinette dazu ganz andere Melodien einfielen. Manchmal kamen zur Berliner Luft noch drei Orangen im Haar und an der Hüfte Bananen hinzu, Marmor, Stein und Eisen bricht, aber meine Lihibe nicht, oder was ihm dazu eben einfiel. Meine Mutter bekam davon Kopfschmerzen, weil sie nicht mochte, wie ihr Bruder immer alles ins Lächerliche zog und sich über alles lustig machte. Und wenn ihr Bruder sagte, er hätte auch lieber weiter bei Felsenstein Klarinette gespielt, sagte sie, dass es darum nicht ginge, sondern um den Ernst der Sache, und Musik sei schließlich Kultur.

Musik ohne Noten zu spielen, ist barbarisch, sagte sie, und ihr Bruder spielte dann nur noch ein letztes Mal die Berliner Luft ganz genau, wie es sich gehörte, wie bei der Polizei. Immerhin konnte er eine Kampfsportart aus Fernost.

Ich hatte nicht sehr viele Noten von Leuten, die ich mochte, nur die paar, die meine Onkel mir aus Berlin schickten. Meine Mutter wollte nicht, dass ich die Noten von meinen Onkeln spielte, sie sagte, dass ich erst einmal durch die Flötenschule müsse, und als ich mit der ersten Flötenschule fertig war, kam gleich eine zweite, und danach kam wieder eine, und wenn meine Onkel mir nicht manchmal Noten geschickt hätten, wäre ich nie darauf gekommen, dass es auch in der Musik andere Menschen und andere Welten gibt als immer nur die Flötenschule.

Die weitaus meisten Leute, die ich bisher kannte, kamen aus Büchern. Die Bücher konnte ich mir aus der Leihbücherei holen, jede Woche drei neue. In der Schule sagten die Kinder, dass die Leute in Büchern gar keine echten Leute seien. Jemand habe sich Karlsson vom Dach nur ausgedacht oder Pippi Langstrumpf mitsamt dem Pferd, das sie im Wohnzimmer hatte. Oder Winnetou, der mir das Indianerehrenwort beigebracht hatte, und Winnetou hatte es von seinem Vater Intschu tschuna, der es ihm beigebracht hatte, und später war er umgebracht worden. Allerdings konnte Winnetou schon auf sich selbst aufpassen, als sein Vater umgebracht wurde.

Ich wusste, dass Winnetou auch umgebracht werden würde, aber das stand in *Winnetou III*, und das habe ich nicht gelesen, weil ich nicht wollte, dass Winnetou stirbt. Es starben sowieso schon sehr viele Leute. Die meisten in Biafra und Vietnam, aber auch anderswo. Es kam jeden Tag im Fernsehen, und es sah entsetzlich aus, auch wenn es weit weg war, aber es war da.

Ich hatte Angst, dass der Krieg und der Hunger auch wieder hierherkämen und meine Mutter und mein Vater sterben würden oder irgendjemand, den ich kannte. Bei den Komponisten war das anders. Die Komponisten waren zwar tot, aber ich hatte ihre Melodien. Von Winnetou wusste ich, dass er umgebracht würde, aber solange ich *Winnetou III* nicht las, war er auch nicht tot.

Die Menschen aus den Büchern mussten echt sein, weil sehr viele von ihnen mit mir redeten. Nicht nur Winnetou. Oft sagten sie Sachen, die gar nicht in den Büchern standen, sondern nur für mich gesagt waren; sie antworteten, wenn ich sie etwas fragte, oder sie erzählten mir Geschichten, die mit mir und meinem

Leben in Westdeutschland zu tun hatten und natürlich schon deswegen ganz anders waren als die, die sie in ihren Büchern erlebten. Also war klar, dass sich das niemand ausgedacht haben konnte.

Das alles ist noch gar nicht so lange her, wie Sie vielleicht denken. Die Welt war damals natürlich noch analog.

Das ändert sich gerade, weil das Leben digital geworden ist und Kinder nie mehr allein sind, jedenfalls nicht in unserer Welt, in der auf alle aufgepasst wird. Sogar Ihr Kühlschrank weiß, was Ihnen fehlt.

Es gibt noch immer ein paar analoge Flecken auf dem Globus. Besonders analog und wirklich ist die Welt dort, wo die Menschen ihre Kinder auf den Arm nehmen und aus ihren zerstörten Häusern und Straßen und Städten und Ländern abhauen müssen. Kein Strom, kein Wasser, nichts zu essen. Mit oder ohne Bomben und Drohnen, die wollen einfach nur weg, bis sie an Grenzen kommen, an denen Hunde auf sie gehetzt werden, an denen sie aufgehalten werden und von bewaffneten Männern eins drübergezogen kriegen und zurückgeschickt werden und zusammengepfercht auf dreckigen Geländen, wo sie sehen können, was aus ihnen wird. Ob sie leben oder sterben, wer weiß das so genau. Man muss ganz genau hinschauen.

Mich haben keine Hunde an der Grenze angefallen und gebissen, mir hat niemand die Schuhe weggenommen. Meine Eltern sind nicht vor meinen Augen verhungert oder ertrunken, ich war nicht ohne Bett, ohne Dach überm Kopf. Ich hatte nur ein kleines bisschen Pech, das lächerliche kleine Pech, das im Grunde nicht der Rede wert ist, weil es uns gut geht. Uns ging es immer gut, wir hatten einen Zweitwagen, uns geht es auch heute gut. Natürlich gibt es Ausnahmen, das ist bedauerlich, und manch einer wird auch selbst dran Schuld haben, aber es geht uns gut.

Aber ich wusste, dass es niemanden gab, der auf mich aufpassen würde. Und ich kann Ihnen nur versichern: Es wäre nicht schlecht, Sie wüssten das auch.

Ich suchte mir meine Gesellschaft selbst.

Es gab natürlich Leute, die ich nicht aus Büchern, sondern von früher kannte. Aus der Welt, in der ich früher gewesen war. Jetzt waren wir zwar nicht mehr da, wo wir hergekommen waren, im Osten, sondern wir waren im Westen gelandet, im Land der Verheißung, von dem man in anderen Teilen der Welt nur träumen konnte. Aber deshalb war die andere Welt trotzdem nicht einfach verschwunden, sondern immer noch da, und die Leute, die in dieser Welt lebten, waren auch alle noch da. Meine Großmütter zum Beispiel und mein Dirigentenonkel, der im Osten geblieben war, als wir in den Westen gegangen waren, und der mir jetzt manchmal Blockflötennoten schickte. Oder Tante Eka, Onkel Winkelmann und Onkel Grewatsch, die mit uns im Flüchtlingslager waren und die wir nachher nie mehr gesehen haben. Aber trotzdem kannte ich sie, und wenn ich nicht einschlafen konnte, hörte ich Tante Ekas Stimme und roch ihre Haare. Tante Eka hatte sehr viele Haare, eine dicke lustige Lockenmähne, und wenn sie laut lachte und ihre Mähne dabei schüttelte, mussten alle sofort mitloslachen. Onkel Winkelmann sagte, jetzt fängst du gleich an zu wiehern, und darauf mussten alle noch mehr und noch weiter lachen, obwohl wir im Flüchtlingslager waren, wo den meisten nicht nach Lachen zumute war, und Tante Ekas Haare rochen nach Äpfeln. Nach den Äpfeln, die wir zusammen von den Feldern geklaut und später bei ihnen im Zimmer gegessen hatten. Anschließend hatte Tante Eka die Kerne mit einer Nadel auf Nähgarn gefädelt und mir eine Apfelkernkette gemacht.

Manchmal hörte ich auch die Stimme von Onkel Winkelmann, der mir den Krieg erzählt hatte, und anschließend hatte er jedes Mal gesagt, dass ich hinschauen und aufpassen müsste, damit das nicht noch einmal passiert, weil Krieg das größte Unglück für alle ist. Er hätte damals auch besser hinschauen und aufpassen müssen, als es mit den Nazis losgegangen war, aber er hatte nicht rechtzeitig mitbekommen, worauf die Sache hinauslaufen würde und dass sie auf den Krieg hinauslief. Weißt du, was Krieg bedeutet, hatte er zu mir gesagt, und ich wartete darauf, was er mir sagen würde, und dann sagte er, dass das große Karthago drei Kriege geführt hätte.

Karthago war einst einmal eine große und schöne Stadt, sagte er, und er wusste das, weil er schon in Tunesien gewesen war. Karthago lag in Tunesien, im Orient, und wenn ich groß wäre, sollte ich mir den Orient unbedingt anschauen, jedenfalls führte Karthago drei Kriege, und nach dem ersten war es noch ziemlich mächtig, sagte Onkel Winkelmann.

Ich sagte, und dann?

Na ja, sagte er, nach dem zweiten war es immerhin noch bewohnbar.

Und nach dem dritten, sagte ich, obwohl ich es gar nicht wissen wollte.

Onkel Winkelmann machte mit seinen beiden Händen eine Bewegung nach oben in die Luft und sagte: Puff. Nach dem dritten war es weg und verschwunden. Auf dem Globus nicht mehr zu finden.

Das ist allerdings etwas übertrieben, sagte er dann. Die Grundmauern sind noch da, aber man weiß, was der Dichter sagen wollte.

Als es dann losging bei uns, sagte Onkel Winkelmann, und da war es immerhin schon der zweite Krieg, haben alle getan, als wären sie die drei Affen. Er zeigte auf den Tisch, wo die drei Affen standen. Sie waren aus Holz. Einer hielt sich die Augen zu, der in der Mitte hielt sich die Ohren zu und der Dritte den Mund, und Onkel Winkelmann sagte oft, dass es bei ihm genauso gewesen sei: bloß nichts hören, nichts sehen, nichts sagen, sagte er, immer schön alles mitmachen. Ich jedenfalls sollte wachsam sein und aufpassen, dass ich es mitbekomme, wenn es wieder so weit ist, ganz genau hinschauen, hörst du, ist eigentlich ganz einfach; und dann sollte ich das Maul aufmachen und bloß nicht die Klappe halten, wie er selbst es damals gemacht hatte.

Abends im Bett roch ich oft Tante Ekas Haare und hörte Onkel Winkelmanns Stimme, und dann nahm ich mir fest vor, auf der Hut zu sein und aufzupassen und hinzuschauen, auch wenn es mir den Magen umdrehen würde. Hinschauen und das Maul aufmachen.

Der Mikrochinese hatte nicht gesagt, dass ich das Maul aufmachen solle. Er hatte nur gesagt: Das wirst du erzählen.

Wo der Mikrochinese herkam, wusste ich nicht genau, jedenfalls kam er nicht aus einer der Welten, die ich kannte, und auch nicht aus einem Buch. Also nahm ich an, dass er aus der Zukunft käme, genau wie meine eigene Stimme, die mich mit ihm bekannt gemacht hatte, und genau wie mein Kater Jeronimo, der allerdings nicht mit mir sprach, sondern mir nur manchmal um die Beine strich und schnurrte.

Ich selbst hatte in der Zukunft lange Haare und ging ganz bestimmt nicht jede Woche zum Friseur. Genau genommen ging ich überhaupt nie zum Friseur. Ich ging auch nicht zur Kosmetik, und niemals ging ich zum Arzt, außer natürlich, ich war krank. Ich hatte ein rotes Cabriolet, genau wie Isolde Ickstadt eines gehabt hat. Isolde Ickstadt war unsere frühere Ärztin, zu der wir dann aber nicht mehr gegangen sind, weil sie meiner Mutter kein Megaphen für mich gegeben hatte und nicht einmal Pyramidon. Nicht einmal Nasenspray wollte sie meiner Mutter für mich geben, weil sie sagte, dass es alles nur schlimmer mache, Salzwasser tue es auch. Inzwischen wohnten wir längst in einem anderen Stadtteil als sie, aber immer wenn ich ein rotes Cabriolet auf der Straße sah, dachte ich, ich sähe Isolde Ickstadts Hochsteckfrisur hinter dem Lenker, und in der Zukunft würde ich zum Glück auch ein rotes Cabriolet haben und natürlich eine Hochsteckfrisur, die ich mir eins, zwei, drei morgens selber machen könnte, ohne deshalb zum Friseur zu müssen.

Meine eigene Stimme, wenn sie aus der Zukunft mit mir sprach, war viel tiefer als die Stimme, die ich im Augenblick noch hatte, weil das natürlich eine Kinderstimme war, aber wenn ich größer würde, würde aus meiner Kinderstimme ein Alt.

Meine erwachsene Stimme war sogar sehr tief. Noch tiefer als die von Judy Garland und fast so tief wie die von Louis Armstrong, von denen unsere Nachbarn eine Menge Schallplatten hatten. Von denen und von anderen auch. Sie hatten sehr viele Platten mit lauter Musik. Singles und LPs.

Meine Mutter sagte, dass sie Kopfschmerzen davon bekäme und sich kultiviertere Nachbarn wünschte.

Mein Vater kannte nicht alle Musik, die unsere Nachbarn auf Schallplatten hatten, aber Judy Garland und Louis Armstrong kannte er. Einmal erzählte er, in der Zeitung hätte gestanden, dass Louis Armstrong vor gar nicht so langer Zeit wegen seiner Stimme einen Brief von einem Hals-Nasen-Ohrenarzt bekommen hätte. In dem Brief hätte gestanden, es tue dem Hals-Nasen-Ohren-Arzt leid, dass Louis Armstrong diese abnorme Stimme habe, das läge an den Stimmbändern, die irgendwie missgebildet seien, und natürlich sei das ein trauriges Schicksal. Aber Louis Armstrong solle sich nicht grämen, weil man diesem Missgeschick der Natur mit einer Operation ganz leicht abhelfen könne, und er, der Arzt, könne ihm eine solche Operation anbieten und würde sie auch gern durchführen. Und er könne ihm versprechen, dass er sich nach der Operation befreit und wie neugeboren fühlen werde, seine Stimme werde auch wie neu sein, und da er ja recht ordentlich auf der Trompete spielte und musikalisch talentiert sei, könne nach der Operation bestimmt was aus ihm werden.

Als mein Vater die Geschichte erzählte, hörte ich Louis Armstrong lachen. Ich weiß nicht, ob Sie Louis Armstrong jemals lachen gehört haben – man kann gar nichts dagegen machen: Es steckt einen sofort an. Aber weil er ohne Noten Musik machte, hatten wir keine Platten von ihm.

Ich mochte, dass ich später einmal so eine tiefe Stimme bekommen würde, weil man sich auf Leute mit tiefen Stimmen eher verlassen kann als auf Leute mit hohen Stimmen. Das hatte jedenfalls mein einer Onkel gesagt, und der musste es wissen, weil er Operndirektor war. Du kannst sagen, was du willst, hatte er gesagt, Tenöre sind meistens ein bisschen dumm, und Soprane sind meistens Zicken, auf die kannst du dich nicht verlassen. Es gibt natürlich Ausnahmen, hatte er auch gesagt, aber als Faustregel und für die Oper hast du schon mal einen Anhaltspunkt. Das war gewesen, als wir alle noch im Osten lebten und bei meiner Großmutter in der guten Stube saßen. Mein anderer Onkel war auch da, und er sagte, dass das Quatsch wäre und seinem Bruder nur so vorkäme, weil gerade ein Tenor ihm seine Sopranistenfreundin weggeschnappt hätte, deshalb sei er auf Tenöre und Soprane im Augenblick nicht gut zu sprechen, aber ich hatte es mir trotzdem gemerkt, um schon mal einen Anhaltspunkt zu haben.

Auf mich und meine künftige Altstimme konnte ich mich jedenfalls verlassen; und sie war es, die mich eines Tages mit dem Mikrochinesen bekannt gemacht hatte. Deswegen dachte ich auch, dass er aus der Zukunft käme, und der Mikrochinese blieb, bis mein Vater aufhörte, mich kaputt zu schlagen, und ich in die Welt hineinging und reich wurde, weil ich anfing, im Rundfunkchor zu singen.

Irgendwann war der Mikrochinese verschwunden, ohne dass ich hätte sagen können, wohin. Er hatte sich langsam in die Zeit aufgelöst und war weg.

Nicht dass mein Vater mich tatsächlich kaputt geschlagen hätte, sonst wäre ich ja gestorben, aber ich wusste nie so ganz, ob er selber wusste, wann aus dem Schlagen Kaputtschlagen würde.

Natürlich gehören Kinder ihren Eltern, und die Eltern können mit ihren Kindern machen, was sie wollen. Das tun sie auch, aber es gibt da eine Grenze.

Das war ganz ähnlich wie bei der Kubakrise und dem Dritten Weltkrieg, und jetzt ist es wieder so mit allem, was die Menschen mit der Erde machen. Da gibt es auch eine Grenze.

Wenn sie da drüberrutschen, ist es zu Ende. Bei der Kubakrise wäre es auch fast zu Ende gewesen, und nach dem dritten Krieg war Karthago nicht mehr zu finden, und dann können sie gar nichts mehr mit ihren Kindern oder mit der Erde machen.

Jeder weiß das, aber ich hatte oft das Gefühl, dass meinem Vater die Grenze nicht so ganz klar war und dass er manchmal näher an dieser Grenze dran war, als er selbst dachte, obwohl er, glaube ich, nicht die Absicht hatte, mich totzuschlagen.

Andererseits bin ich mir später manchmal nicht ganz sicher gewesen, als ich angefangen habe, darüber nachzudenken.

Es gibt vielleicht, wenn man etwas richtig kaputt macht, ab einem bestimmten Punkt ein Gefühl, dass es gar nicht gut ist, wenn der andere sich davon wieder erholt und auf die Beine kommt. Aber ich war noch ein Kind, und ein Klaps hat noch keinem geschadet, also glaube ich nicht, dass mein Vater an dem Punkt war, und bei der Kubakrise sind sie ja auch noch gerade im letzten Moment auf die Bremse gestiegen.

Ich glaube, dass mein Vater einfach Glück hatte, dass mir nichts passiert ist, weil es sonst übel hätte ausgehen können.

Ich bin das auch nur ein paarmal durchgegangen, weil der Mikrochinese gesagt hatte, dass ich alles erzählen solle, aber das ist jetzt gar nicht so wichtig, weil das erst später kommt und sich etwas anders entwickelt hat. Ich nehme einfach an, dass mein Vater nicht die Absicht hatte, mich kaputt zu schlagen, aber es spricht einiges dafür, dass die Grenzen da nicht eindeutig sind, sondern manchmal eher fließend.

Mein Vater fing vermutlich auch an, darüber nachzudenken, als wir eines Abends kurz vor dem Abendbrot das Telegramm bekamen.

Ich weiß, dass es im Jahr 1968 gewesen ist, weil ein paar wichtige Männer schon vorher umgebracht worden waren, und nachher wurden auch ein paar wichtige Männer umgebracht. 1968 war es Martin Luther King gewesen, der umgebracht wurde, das war im Frühling gewesen, und kurz darauf kam das Telegramm von meiner Großmutter aus dem Osten, in dem stand, dass Gaston seine Frau umgebracht hatte. Später fand ich heraus, dass eigentlich immer mal wieder ein paar wichtige Leute umgebracht werden, unwichtige natürlich auch, sogar Kinder, aber das steht normalerweise nur dann in der Zeitung, wenn die Morde besonders blutrünstig waren und die Leser sich gruseln und aufregen können. Jedenfalls waren zu der Zeit, als wir das Telegramm bekamen, ein paar wichtige Männer umgebracht worden und nicht so viele Frauen. Zumindest keine, die ich kannte. Die einzige wichtige Frau, die umgebracht worden war, jedenfalls nach Marie Antoinette und Rosa Luxemburg, war Marilyn Monroe. Aber bei ihr waren die Grenzen auch eher fließend gewesen, und man wusste nicht so genau, ob sie umgebracht worden war oder ob es Selbstmord war oder ob sie einfach nur zu viele von ihren Tabletten genommen hatte. Das war schon eine Weile her, aber es kam nie heraus. Es könnte sein, dass sie umgebracht worden ist, es könnte auch Valium oder Veronal gewesen sein, aber wenn man es nicht weiß, darf man es auch nicht denken und schon gar nicht laut sagen, hatte meine Mutter gesagt.

Bei Gaston durfte ich es auch nicht sagen, dabei war es eindeutig und geklärt, als wir das Telegramm bekamen, und es waren keine Valium oder Veronal im Spiel gewesen. Gaston hatte seine Frau erschlagen.

Dabei hatte er, jedenfalls nehme ich das an, wahrscheinlich gar nicht die Absicht gehabt, seine Frau zu erschlagen, aber dann hatte er sie eines Abends doch erschlagen. Und dann war sie eben tot, Gaston kam ins Gefängnis und ihre Kinder kamen ins Heim. Ich weiß gar nicht, ob davon überhaupt etwas in der Zeitung stand, Gastons Frau war nicht Marilyn Monroe gewesen. Nicht einmal blond, sondern dunkelhaarig.

Wir bekamen dieses Telegramm auch nur, weil Gaston der große Bruder von meinem Vater war, also war er eigentlich mein Onkel, aber ich hatte schon die beiden Musikeronkel von meiner Mutter her. Außerdem war er nur ein Halbbruder von meinem Vater, damit war er auch nur ein halber Onkel, deshalb haben wir ihn nicht richtig gekannt, sondern nur halb. Einmal haben wir ihn gesehen, als wir nach Ostende gefahren sind und ihn besucht haben, aber danach nicht mehr. Er war viel größer als mein Vater und sah ihm kein bisschen ähnlich. Nicht mal eine Zahnlücke zwischen den Zähnen hatte er und auch keine vernarbten Hände, weil die vernarbten Hände ja nicht vererbt und angeboren waren, sondern erst entstanden, als mein Vater einmal beinahe verbrannt wäre. Da war er fünf, und Gaston war zu der Zeit längst im Krieg. Mein Vater war natürlich nicht im Krieg in Brand geraten, weil er noch zu klein war und in den Kindergarten ging, es war auch kein Napalm gewesen wie später dann in Vietnam, weil sie damals noch gar kein Napalm hatten. Bei meinem Vater war es nur ein gewöhnlicher Kindergartenbrand gewesen, auch wenn niemand wusste, wie das passieren konnte.

Gaston kam eigentlich aus Ostende wie seine Mutter und sein Bruder. Ostende liegt in Belgien, also hätte er im Krieg nicht unbedingt für die Deutschen kämpfen müssen, aber er kämpfte für die Deutschen. Meine Großmutter war auch aus Belgien nach Deutschland gegangen. Kurz darauf passierte das mit ihrem kleinen

Sohn und dem Feuer, und als der Krieg vorbei war, hatten die beiden Brüder sich nur noch einmal kurz gesehen, weil Gaston wieder nach Ostende ging und nicht bei seiner Mutter und dem Kleinen in Deutschland bleiben wollte. Und so ging das etliche Jahre, bis mein Vater groß geworden war und wir schon im Westen und aus dem Flüchtlingslager raus waren und nach Ostende gefahren sind, um Gaston und seine Familie zu besuchen. Seine Frau lebte noch, als wir nach Ostende gefahren sind; sie hatte dunkle Haare und machte Muscheln und Pommes frites in ihrer Kneipe am Hafen. Ich mochte meinen Halbonkel Gaston, auch wenn er im Krieg für die Deutschen gewesen war. Aber er war, als der Krieg anfing, erst vierzehn Jahre alt gewesen und hatte es also nicht wissen können. Jedenfalls dachte ich, dass es so war, weil meine Mutter auch noch ganz jung gewesen war und sagte, dass vor dem Krieg alles gut gewesen war und sie nicht hatte wissen können, was dann alles kommen würde, und wenn meine Mutter es nicht hatte wissen können, hatte Gaston es auch nicht wissen können. Er sah nicht so aus, als ob er demnächst wieder in den Krieg ziehen wollte. Also dachte ich, dass ich ihn mögen dürfte, und besonders mochte ich meine Halbtante, die ja eigentlich nicht einmal meine Halbtante war, weil Gaston sie nur geheiratet hatte. Aber ihre Kinder waren meine Halbcousine und mein Halbcousin, und sie hatten einen Collie, der aber nicht in die Kneipe durfte, obwohl es den Hafenarbeitern und den Matrosen egal gewesen wäre. Es war ihnen auch egal, dass meine Halbcousine und mein Halbcousin in der Kneipe waren und dort ihre Schulaufgaben machten. Meine Mutter sagte, da gehören Kinder nicht hin, davon werden sie asozial, Kinder gehören in ein kultiviertes Zuhause, und mein Vater sagte, ich bin auch in der Kneipe aufgewachsen, und aus mir ist auch was geworden.

Zu der Zeit war immerhin schon ziemlich was aus meinem Vater geworden, auch wenn er auf der Leiter in der Firma noch nicht ganz dort angekommen war, wo er gern hinwollte. Und es würde noch mehr aus ihm werden, auch wenn ihm noch nicht ganz klar war, was das für ihn und sein Leben bedeuten würde.

Als wir das Telegramm bekommen hatten, sagte mein Vater, dass Gaston seine Frau geliebt habe und nicht hatte totschlagen wollen. Das Telegramm war von meiner Großmutter aus Ostdeutschland, weil Gaston der Polizei gesagt hatte, dass man seine Mutter benachrichtigen solle, und die benachrichtigte dann ihren anderen Sohn, also meinen Vater. Meine Mutter las das Telegramm, und dann sagte sie, dieser verdammte Alkohol, und überhaupt, was für ein Leben in dieser heruntergekommenen Kaschemme, was für elende

Existenzen. Ich dachte daran, dass ich meine Halbcousine und meinen Halbcousin beneidet hatte, weil sie ihre Schulaufgaben in der Kneipe machen durften und die Hafenarbeiter und Matrosen ihnen dabei halfen, und ihre Mutter gab ihnen abends Pommes frites mit Muscheln auf zwei Tellern, genau wie den Hafenarbeitern auch, aber jetzt war sie tot. Ich dachte, wenn ich später mal jemanden lieben würde, dann würde ich versuchen, ihn möglichst überhaupt nicht zu schlagen. Ich nahm mir vor, nicht einmal damit anzufangen, nicht einmal ein bisschen, weil, wenn man einmal damit anfängt, aus so einem bisschen sehr leicht mehr werden kann, und dann ist es wie bei Erdbeben. Nach oben ist die Richterskala offen. Ich dachte, wenn Gaston seine Frau geliebt hatte, war es ihm bestimmt jetzt nicht recht, dass er sie erschlagen hatte, aber wahrscheinlich war es bei ihm genauso wie bei meinem Vater, obwohl mein Vater nur der Halbbruder war, aber immerhin ja halb.

Mein Vater fing auch immer erst ein bisschen an. Es war so, dass man hätte denken können, er hört demnächst vielleicht wieder auf, wenn er zur Besinnung kommt und ihm einfällt, dass ich sein Bienchen und sein Augenstern bin.

Manchmal hörte er auch wirklich auf, aber sehr oft verpasste er den Moment, wo er zur Besinnung hätte kommen und noch aufhören können, und kam nicht zur Besinnung, sondern geriet erst langsam, dann immer schneller und zuletzt gewaltig in Rage. Das steigerte sich immer mehr, und irgendwann hatte ich das Gefühl, dass es nicht mehr zu bremsen und anzuhalten war, selbst wenn er an das Bienchen und den Augenstern gedacht hätte und deshalb vielleicht hätte aufhören wollen.

Wahrscheinlich kann er gar nicht mittendrin aufhören, dachte ich, weil es irgendwann keine Bremse mehr gibt, sondern nur immer weiter und weiter geht bis zum Ende, und an der Grenze steht ja kein Stoppschild: Hier nicht weitermachen, sonst Ende. Es wäre nicht schlecht, wenn es das gäbe. Damit wäre bestimmt vielen geholfen, aber die Grenzen sind eher fließend. Wenn ich genau darüber nachdachte, kamen mir auch die Zweifel, ob mein Vater, wenn er in Rage war, so ein Stoppschild überhaupt hätte sehen können. Wahrscheinlich hätte er gar nicht so genau hinschauen wollen und wäre einfach daran vorbeigerast, also dachte ich, dass man besser gar nicht damit anfangen sollte. Wenn ich Gaston gewesen wäre, hätte ich jedenfalls vorsichtshalber möglichst gar nicht mit dem Schlagen angefangen, und als seine Frau dann tot war und mein Vater sagte, dass Gaston sie geliebt habe, hätte ich meinem Vater gern gesagt, dass ich an seiner Stelle lieber auch gar nicht mehr mit dem Schlagen anfangen würde, außer natürlich, er wollte mich totschlagen.

Aber das glaubte ich eigentlich nicht, weil er sehr oft *Reich mir die Hand, mein Leben, komm auf mein Schloss mit mir* pfiff und dann immer sagte, dass ich sein Bienchen sei und sein Püppchen und sein Augenstern und solche Sachen, die er auch manchmal sang. Püppchen, du bist mein Augenstern, Püppchen, hab dich zum Fressen gern. Wenn man das singt, kann man vielleicht mit dem Püppchen machen, was man will, weil man der Vater ist, aber man wäre doch dumm, wenn man sein Püppchen totschlagen würde und niemanden mehr hätte, der einem gehört und mit dem man machen kann, was man will. Das fand ich logisch, nur dachte ich, wenn ich meinem Vater sage, dass ich an seiner Stelle lieber mit dem Schlagen aufhören würde, würde er gerade nicht damit aufhören, sondern wieder anfangen und außer sich geraten. Also sagte ich ihm nichts von meinen Überlegungen, obwohl sie mich ziemlich beschäftigten, nachdem Gaston seine Frau erschlagen hatte und mein Vater sagte, dass Gaston sie geliebt habe.

Zu dieser Zeit war der Mikrochinese noch nicht da, er kam erst etwas später. Da waren die Kinder schon im Heim. Ich hatte ein paar Tage lang gehofft, dass meine Eltern sie aufnehmen würden, weil Gaston der Halbbruder von meinem Vater war, außerdem hatten wir eine große Wohnung, und ich hätte jemanden gehabt, mit dem ich mich hätte unterhalten können, auch wenn sie nur Belgisch sprachen wie meine Großmutter. Vielleicht hätten wir Belgisch lernen können, aber meine Eltern nahmen sie nicht, weil sie nur halb verwandt waren und meine Eltern nicht auch noch auf zwei weitere Kinder hätten aufpassen können, wo sie schon auf ihr eigenes Kind aufpassen mussten, weil das eigene Kind ein Fall für die Klapse war. Jedenfalls sagte meine Mutter das sehr oft. Kind, du bist wohl nicht ganz bei Troste.

Meine Halbcousine und mein Halbcousin kamen nicht in die Irrenanstalt, sondern in ein Kinderheim, und meine Eltern haben nie mehr davon gesprochen.

Immerhin hatte ich meine eigene tiefe Stimme, die mit mir sprach, wenn ich sie brauchte.

Die Stimme sagte, tut mir leid, Karline, da kann ich dir nicht helfen, da müssen wir beide durch, aber ich bin da; und weil die Stimme das sagte, wusste ich, dass ich demnächst noch nicht tot, sondern in vierzig Jahren immer noch am Leben wäre und dass es mit dem Kaputtschlagen und dem Dritten Weltkrieg zum Glück nichts würde, weil ich ja meine Stimme aus der Zukunft nicht würde hören können, wenn wir nicht durchgekommen wären. Das war beruhigend.

Meine Stimme aus der Zukunft sagte immer Karline zu mir, und irgendwann gewöhnte ich mir auch an, Karline zu mir zu sagen, weil es sehr nützlich ist, wenn man manchmal mit sich selber redet, als wäre man jemand anderes und könnte danebenstehen. Früher hatte ich mich wie das siebte Geißlein vor dem bösen Wolf in den Uhrenkasten geflüchtet, der bei uns im Wohnzimmer gestanden hatte. Aber inzwischen hatten wir neue Wohnzimmermöbel und keine Standuhr mehr, weil die altmodischen Sachen nicht zu modernen Menschen passten, die mein Vater und wir jetzt waren. Also hatte ich ein paar von den altmodischen Sachen für mein Zimmer bekommen, aber die Standuhr war rausgeflogen, und damit war es aus mit dem schönen Versteck für das siebte Geißlein.

Es ist scheußlich, wenn man nur man selbst ist und unten liegt und nicht weiß, wie es weitergeht und wie es ausgeht und ob man aus der Sache jemals wieder rauskommt. Aber immerhin hatte ich meine eigene Stimme. Hier müssen wir durch, Karline, sagte die Stimme, und wir kommen durch, sonst wären wir ja tot und nicht mehr am Leben.

Eines Tages schien es ziemlich knapp gewesen zu sein; ich hatte nicht mitbekommen, wie es ausgegangen war, aber offenbar war ich wieder rausgekommen, und in der Nacht wachte ich in meinem Bett auf und schmeckte nach Blut. Ich versuchte mit dem Zeigefinger herauszufinden, wo das Blut genau herkam. Wenn man über eine Stelle streicht und den Finger dann ableckt, weiß man, ob es an der Stelle blutet oder nicht, weil das Blut, wenn es noch flüssig ist, nach Blut schmeckt. Während ich damit beschäftigt war, hörte ich, wie meine erwachsene Stimme sagte, das hier ist dann wohl der Fall für den Mikrochinesen. Sie sagte es ganz leise und klang selbst etwas mitgenommen und erschöpft, aber so müde sie auch war, ich hörte es ganz genau.

Sie sagte, das ist dann wohl der Fall für den Mikrochinesen.

Ich sagte, was für ein Mikrochinese?

Sie sagte, dem erzählst du das alles. Hörst du? Nicht vergessen: Dem Mikrochinesen erzählst du das alles ganz genau, ich kann jetzt nicht, ich muss jetzt ein bisschen schlafen. Sie murmelte noch, wie soll das bloß weitergehen, und dann war sie weg.

Ich musste auch unbedingt etwas schlafen. Ich drehte an meinem Globus, der auf dem Tischchen neben meinem Bett stand. Es war stockfinster in meinem Zimmer, aber ich wusste auch im Dunklen, dass ich über Afrika, Asien, Amerika und Australien flog, und als ich schon ein paarmal über alle Kontinente geflogen war und mir fast die Augen zufielen, hörte ich plötzlich den Mikrochinesen. Er hatte einen Bariton, den ich nicht kannte, und einen komischen Akzent, den ich auch nicht kannte, und mit diesem komischen

Akzent sagte er, mein Lieblingsgericht sind übrigens Schnecken.

Zuerst wusste ich nicht, wo die Stimme herkam.

Einen Moment lang dachte ich, ich spinne.

Das lag nahe, weil es noch nie vorgekommen war, dass eine Stimme, die ich nicht kannte, plötzlich nachts sagte, mein Lieblingsgericht sind übrigens Schnecken. Bis zu dem Moment, als der Mikrochinese das sagte, hatte ich außerdem nicht gewusst, dass man Schnecken essen kann, und wenn ich ehrlich bin, glaubte ich es auch nicht.

Das Lieblingsgericht meines Vaters war Hummer, seit er in Amerika gewesen war und in New Jersey Hummer gegessen hatte, und bei Hummern hatte ich auch zuerst nicht geglaubt, dass man sie essen könnte. Aber mein Vater hatte ein Foto machen lassen, auf dem er und alle seine amerikanischen Kollegen in New Jersey am Meer sitzen und Hummer essen. Es war auch eine amerikanische Kollegin mit auf dem Foto, die Alice hieß und kurze Haare hatte. Mein Vater hatte das Foto in seinem Portemonnaie für den Fall, dass jemand einmal sehen wollte, wie er in Amerika gewesen war und Hummer gegessen hatte. Meine Mutter sagte, dass mein Vater ein Parvenü sei, weil er in Amerika Hummer gegessen hatte, und dass es ein Unterschied wäre, ob einer ein Parvenü ist oder einfach kultiviert und reich. Mein Vater sagte, er habe so ganz allmählich keine Lust mehr, sich auf Schritt und Tritt dafür zu entschuldigen, dass ihr Verlobter im Krieg erschossen worden sei, und dann sagte er noch, er würde auch künftig Hummer essen, wo und wann ihm nach Hummer sei.

Ich überlegte, ob mein Vater wohl schon Schnecken gegessen hatte oder ob ich spinnen und phantasieren würde und in die Irrenanstalt gehörte.

Im Dunklen war niemand zu sehen, und an meinem Globus war schon seit Jahren die Beleuchtung kaputt, weil ich gleich am ersten Tag, als ich ihn bekommen hatte, über das Stromkabel gestolpert war und ihn vom Tisch gerissen hatte. Das war an meinem siebten Geburtstag gewesen, und ich war selbst an allem schuld und konnte nicht auch noch erwarten, dass meine Eltern ihn reparieren ließen.

Ich lag also im Dunklen und war sehr müde, mir tat alles weh, und ich schmeckte nach Blut. Am liebsten hätte ich weitergeschlafen, also dachte ich, bestimmt habe ich mir die Stimme nur eingebildet und spinne.

Aber dann schien der Mond in mein Zimmer. Er war nicht mehr ganz voll, sondern schon wieder am Abnehmen, und er kam langsam von links über der Birke hoch, die neben den Teppichstangen stand. Die Birke war noch klein, weil wir erst vor Kurzem in die Neubausiedlung gezogen waren, in der lauter Familien wohnten, aus deren Vätern was werden würde. Wir wohnten in der Nummer 1b, und in 1a und 1c wohnten auch lauter Familien mit Vätern, aus denen was werden würde. Das Haus war über Eck gebaut, damit die Väter und Mütter sich auf den Balkonen miteinander unterhalten konnten, was schon aus ihnen geworden war und dass sie sich einen Zweitwagen anschaffen würden und dass demnächst noch mehr aus ihnen werden würde und ihre Kinder deshalb auf eine Privatschule kämen. Unten war ein Sandkasten für die Kinder, die aber nie in dem Sandkasten spielten, weil aus ihren Vätern schon etwas geworden war und sie daher schon etwas größer und nicht mehr im Sandkastenalter waren. Daneben standen die Teppichstangen und diese kleine Birke, die ich links in meinem Kinderzimmerfenster sehen konnte. Über der Birke ging gerade der Mond auf, als die Baritonstimme mit ihrem komischen Akzent sagte, mein Lieblingsgericht sind übrigens Schnecken, und als das Mondlicht in mein Zimmer fiel, konnte ich kurz darauf auch haargenau sehen, dass es der Mikrochinese war, der mit mir redete. Er saß schräg auf meinem Globus, direkt neben dem Nordpol, und es war ganz bestimmt nicht Karlsson vom Dach, weil er keinen Propeller am Rücken hatte und weil Karlsson vom Dach am liebsten Fleischbällchen aß und ganz gewiss keine Schnecken. Eigentlich saß der Mikrochinese auch gar nicht richtig auf dem Globus, eher hatte er es sich bis Norwegen hinunter bequem gemacht. Seine Ellbogen waren irgendwo in Grönland aufgestützt und seine Füße über die Arktis hinweg auf dem Bügel gekreuzt, der um den halben Globus herum gespannt war, damit die Erde sich drehen konnte. Ich sah sofort, dass er sehr klein und also ein echter Mikrochinese war. Mikro heißt nämlich klein, das wusste ich aus der Schule. Er war nicht so klein wie die Amöben, die wir in der Schule unter dem Mikroskop beobachtet hatten, aber doch so klein, dass er auf dem Globus Platz hatte und seine Füße über dem Bügel kreuzen konnte.

Was ein Chinese war, das brauchte mir niemand zu erzählen, Chinesen kannte ich ganz genau, weil nämlich mein Großvater einer gewesen war. Jedenfalls hatten das die Frauen im Osten oft gesagt, mit denen meine Oma nachmittags immer Karten spielte. Und meine Oma hatte es auch gesagt, obwohl sie es eigentlich gar nicht wissen konnte, weil sie schließlich die Mutter meiner Mutter war, und meine Großmutter Maria war die Mutter meines Vaters und natürlich auch von Gaston, aber meine Großmutter Maria sagte nicht, von wem ihr kleiner Sohn war. Einen Mann hatte sie jedenfalls nicht, der der Vater meines Vaters hätte gewesen sein können, deshalb rätselten alle immer herum. Sie aßen jeden Donnerstag bei meiner Oma Nusstorte oder Himbeerkuchen, tranken Kaffee, spielten Karten und rätselten herum, wer der Vater meines

Vaters gewesen sein könnte. Meine Großmutter Maria war mit ihrem kleinen Sohn erst im Krieg in die Stadt gekommen. Also konnten die Frauen nichts Genaues darüber wissen, aber trotzdem waren sie sich im Grunde einig, dass es ein Chinese sein musste. In Ostende sind Chinesen ja nicht gerade eine Seltenheit, sagten die Frauen, während sie Canasta spielten. Natürlich waren sie alle noch niemals in Ostende gewesen, weil sie ja im Osten waren und man nicht so einfach vom Osten nach Ostende kommen konnte, auch wenn man das dem Namen nach denken könnte, aber zwischen dem Osten und Ostende lag auf dem Globus das ganze große Westdeutschland, in dem wir gelandet waren. Mir wäre es lieber gewesen, wir wären weiter bis nach Ostende abgehauen und ich könnte meine Halbcousine und meinen Halbcousin wenigstens manchmal in ihrem Kinderheim besuchen, in dem sie gelandet waren, nachdem meine Eltern sie nicht wollten, aber jetzt steckte ich nun mal hier fest, mittendrin im Westen. Meine Oma war mitsamt ihren Freundinnen drüben im Osten geblieben und spielte weiter jeden Donnerstag Canasta, und keine von ihnen war jemals irgendwo anders gewesen, höchstens vor dem Krieg mal in Berlin. Aber immerhin waren sie schon alt und hatten so ihre Erfahrungen mit dem Leben, und daher mussten sie gar nicht erst in Ostende gewesen sein, um zu wissen, dass sich dort im Hafen alle möglichen zwielichtigen Gestalten herumtreiben. In allen Häfen der Welt wimmelt es nur so vor Matrosen aus Übersee und sonstigem Hafengesindel; meine Großmutter in Ostende hatte also die freie Wahl gehabt. Und die Maria war bestimmt nicht sehr wählerisch gewesen, sagten die Frauen, wenn sie bei meiner Oma Canasta spielten. Ich spielte bei meiner Oma in der guten Stube mit meiner Puppe, während die Frauen Nusstorte oder Himbeerschnitten aßen. Sie hatten vergessen, dass ich im Zimmer war, vielleicht dachten sie auch, ich sei noch zu klein, um die Sache mit dem Chinesen zu verstehen, aber ich hörte natürlich alles, was sie sagten, und schon damals hatte ich gedacht, dass sie bestimmt recht hatten, denn wenn ich mich vor den großen Spiegel im Flur bei meiner Oma stellte und meine Augenwinkel nur ein kleines bisschen nach rechts und links zog, konnte man klar sehen, dass ich chinesische Vorfahren haben musste.

Später im Westen besorgte ich mir aus der Stadtbücherei Bücher über China, und nach allem, was ich aus diesen Büchern wusste, kam der Mikrochinese, der jetzt im Mondlicht auf meinem Globus saß, aus der Mongolei. Die Mongolen waren ein Steppenvolk. Jedenfalls hatte ich ein Buch über zwei Brüder in der Mongolei gelesen, in dem ziemlich viel gekämpft wurde, weil die Brüder die Enkelsöhne von Dschingis Khan waren, und Dschingis Khan hatte immerzu gekämpft und Krieg geführt, das lag in der Familie. Die beiden Enkel von Dschingis Khan führten also auch andauernd Krieg. Am Ende des Buches war es schließlich vierzig Jahre später, die beiden Brüder führten immer noch Krieg, und weil sie jetzt erwachsen waren, kämpften sie gegeneinander. Der eine Bruder gewann, obwohl Onkel Winkelmann mir gesagt hatte, dass im Krieg niemand gewinnen kann, sondern alle nur verlieren, jedenfalls war es beim ersten und beim zweiten Mal in Karthago so gewesen. Wenn mir jemand erzählen würde, dass es im Krieg einen Sieger gebe, hatte Onkel Winkelmann gesagt, sollte ich gleich im Kopf haben, dass er lügt, und wir sollten es nicht auf ein drittes Mal ankommen lassen. Aber natürlich musste in früheren Jahrhunderten am Ende einer der Sieger sein und den anderen endgültig fertigmachen, damit irgendwann mal Schluss ist und ein neuer Krieg irgendwo anders anfangen kann.

Ich war froh, dass wir demnächst so vernünftig werden würden, uns nicht mehr mit Kriegen fertigzumachen, jedenfalls dachte ich das, sonst hätte ich ja in vierzig Jahren wahrscheinlich nicht mehr gelebt, weil den Dritten Weltkrieg keiner mehr überleben würde.

In dem Chinabuch ließ der Siegerbruder den Verliererbruder ganz zuletzt frei, und das war immerhin nett. Aber mir gefiel das Buch trotzdem nicht, weil andauernd nur gekämpft und Krieg geführt wurde, und es macht keinen Spaß, auf jeder Seite von Kämpfen und Krieg zu lesen.

Das Buch hieß *Steppensöhne*, und ich wäre auch gern ein Steppensohn gewesen, allerdings ohne Krieg. Wenn sich das nicht machen ließe, weil ich ein Mädchen war, wäre ich eben eine Steppentochter geworden. Aber es hieß natürlich nicht *Steppentöchter*, weil es immer Männer sein müssen, wenn es ums Kämpfen und ums Verderben geht, jedenfalls in den Büchern vom Krieg. *Steppentöchter* ohne Krieg hätte ich lieber gelesen.

Nachdem ich das Buch fertiggelesen hatte, wunderte ich mich, dass der Sieger den Verlierer freiließ. Aber dann dachte ich, dass es bei den beiden Brüdern in dem Buch wahrscheinlich so ähnlich war wie bei den Amis und den Deutschen. Die Amis hatten die Deutschen auch erst besiegt und dann doch nicht fertiggemacht, sondern ihnen sogar noch Geld gegeben, damit sie nach dem Krieg das Land wieder aufbauen und neu anfangen konnten.

Das waren so meine Überlegungen, als ich auf dem Globus neben meinem Bett im Mondlicht den Mikrochinesen entdeckte. Ich schnaubte mir das Blut aus dem linken Nasenloch auf den Daumen.

Der Mikrochinese sah mir zu und sagte, am linken Ohr ist auch noch was.

Ich wischte es ab, und es war immer noch etwas flüssig, fing aber schon an, zäh zu werden und zu trocknen. Ich mochte es nicht, wenn das Blut an mir trocknete und klebrig wurde, weil die Haut unter der Blutschicht sich dann nicht mehr anfühlte wie Haut und sich auch nicht mehr normal bewegen ließ. Normalerweise merkt man nicht, wie die Haut sich bewegt. Das ist genau wie beim Atmen. Man merkt gar nicht, dass man atmet, bis man plötzlich unter Wasser gedrückt wird oder ein Kissen aufs Gesicht kriegt. Dann merkt man sofort, wie wunderbar es ist zu atmen, weil man schon nach sehr kurzer Zeit keine Luft mehr kriegt und sehr gerne wieder atmen können würde. Mit der Haut ist es ganz ähnlich. Normalerweise denkt man nicht darüber nach, dass man sie überhaupt hat, aber wenn das Blut um den Mund herum klebt, hat man das Gefühl, der ganze Mund spannt, und man kann ihn gar nicht mehr richtig aufmachen, also versuchte ich, wenigstens das Gesicht mit Spucke frei zu bekommen. Wenigstens den Mund.

Der Mond stand jetzt genau über der kleinen Birke.

Der Mikrochinese war bestimmt ein Mongole, schon weil er so ähnlich aussah wie Intschu tschuna. Wegen Intschu tschuna und Winnetou hatte ich mir eine Menge Bildbände über Indianer in der Leihbücherei angesehen, und dabei war mir aufgefallen, dass Mongolen aussehen wie Indianer.

Die Bücher mit den Bildern von den Chinesen und den Indianern standen nicht in der Abteilung für Kinder, also durfte ich sie mir nicht ausleihen, aber ansehen durfte ich sie mir, wenn ich nachmittags dort hinging.

Onkel Winkelmann hatte im Flüchtlingslager sehr viele Bücher gehabt, und in manchen seiner Bücher waren Bilder von Tieren oder den Alpen drin. Die Alpenbilder mochte ich besonders gern. Seit wir aus dem Flüchtlingslager raus waren, schaute ich in der Leihbücherei bei den Bildbänden in der Erwachsenenabteilung, aber dort standen nur andere Bildbände, nicht die Alpenbilderbücher, die ich kannte und die ich mir gern angesehen hätte, weil es so schön gewesen war, mit Tante Eka, Onkel Grewatsch und Onkel Winkelmann die Bilderbücher anzuschauen. Aber immerhin gab es in der Leihbücherei eine Menge anderer Bücher mit Bildern von allen Erdteilen und den Bewohnern der fremden Länder, und daher wusste ich, dass Mongolen so aussehen wie Indianer.

Ich hätte den Mikrochinesen gern gefragt, ob er ein Mongole sei, aber ich bekam den Mund nicht richtig auf, obwohl ich das Blut mit Spucke weggewischt hatte. Mongolen und Indianer haben Pferde und reiten den ganzen Tag. Steppensöhne. Ich hätte auch gern ein Pferd gehabt und wäre den ganzen Tag durch die Steppe geritten, schon weil mein Großvater ein Chinese war und ich chinesisches Blut in den Adern hatte. Aber davon konnte ich meinen Eltern natürlich nichts sagen, weil meine Mutter sowieso sagte, dass ich spinne und in die Klapse gehöre. Und wenn ich gesagt hätte, dass mein Großvater ein Chinese war, hätte ich mich auch gleich selbst in die Klapse einliefern können. Da hätte es Pyramidon ganz sicher nicht mehr getan, und wahrscheinlich hätte auch Megaphen nichts dagegen ausrichten können.

Ich wäre natürlich lieber durch die Steppe geritten, als mit meiner Mutter zum Arzt zu gehen, aber meine Mutter ging gern zu Ärzten. Einmal in der Woche ging sie zum Friseur und ließ sich die Haare machen, einmal in der Woche ging sie zur Kosmetik und ließ sich das Gesicht schön machen und die Nägel lackieren, weil sie eine gepflegte Frau war, die etwas auf sich hielt und nicht vorzeitig altern wollte, und zwei- oder dreimal ging sie zum Arzt. Meistens ging sie allein, und in der Zeit konnte ich Flöte spielen. Aber oft musste ich auch mit, und wenn ein Arzt ihr nicht das richtige Medikament verschreiben wollte, das sie für ihre Schlafstörungen oder Eierstöcke oder Bandscheibe oder für ihre Tochter brauchte, wurde sie ärgerlich und sagte am Abendbrottisch zu meinem Vater, dass sie sehr gut selber wisse, was sie brauche. Und was ihre Tochter brauche, wisse sie sowieso von Natur aus besser als jeder Arzt, ihre Tochter sei krankhaft überreizt und habe ein zerrüttetes Nervenkostüm, und jedenfalls brauchte ihre Tochter kein Pyramidon, weil es mit Pyramidon schon seit Längerem nicht mehr getan sei.

Das werde ich als Mutter doch wohl ganz genau wissen, sagte sie.

Mein Vater war zwar noch nicht Chef in der Medizinabteilung seiner Firma, aber er wäre gern Chef gewesen, und immerhin war er schon aus der EDV in die Pharmaabteilung befördert und mehrere Male zur Schulung und zum Englischkurs nach Amerika geschickt worden. Zu seiner Beförderung gehörte außerdem, dass wir die große Wohnung bekommen hatten und dass meine Mutter kein Aspirin mehr nehmen durfte, weil Aspirin von Bayer war, und Bayer war unser schlimmster Konkurrent und Feind. Deswegen sollten wir Spalttabletten und kein Aspirin nehmen. Und wenn meine Mutter sagte, dass die Spalttabletten beim Schlucken immer im Hals hängen blieben, sagte mein Vater, aber sie sind von Hoechst, also runter damit. Natürlich war er dafür, dass die Ärzte meiner Mutter Nomifensin oder Novalgin oder Pyramidon verschrieben, weil das Medikamente von Hoechst waren und sie nicht vom Feind kamen, gegen den wir Krieg führen mussten.

An das Valium hatte er sich notgedrungen gewöhnt, weil die Farbwerke nun einmal kein Diazepam im

Programm hatten, aber jetzt ging es nicht um Valium, sondern um Megaphen. Meine Mutter hatte im Wartezimmer in der Ärztezeitschrift gelesen, dass Megaphen bei Menschen mit zerrüttetem Nervenkostüm Wunder wirken würde, aber das kam für meinen Vater überhaupt nicht infrage, weil es nicht einmal von LaRoche, sondern von Bayer war.

Stellt ihr kein Klopomazin bei euch in der Firma her, fragte sie meinen Vater, weil sie gelesen hatte, dass Megaphen aus Klopomazin bestünde und jedenfalls Wunder wirke.

Das war eine scheinheilige Frage, weil man an der Art, wie meine Mutter fragte, schon hören konnte, dass sie gar keine Antwort wollte. Meine Mutter wollte Megaphen. Das konnte man ganz genau hören.

Das war mit Valium nicht anders. Und wenn mein Vater kein Megaphen im Haus haben wollte, würde ihr schon etwas einfallen. Vielleicht hatte sie es schon längst und erzählte meinem Vater nur nichts davon, damit er nicht auf die Idee käme, sie würde sich mit dem Feind gegen ihn und die Firma verbünden. Man wusste nie so genau, was für Medikamente meine Mutter von welchem ihrer Ärzte mit nach Hause brachte und wo sie sie aufbewahrt hatte. Im Arzneimittelschrank standen nur Pyramidon, Novalgin und die Spalttabletten. All die Tabletten von Hoechst, die man im Hause hatte, wenn man zur Familie gehörte, und die mein Vater inzwischen nicht mehr anrührte, seit er von der EDV in die Pharmaabteilung versetzt worden war.

Das war natürlich ein gewaltiger Aufstieg für ihn, ein Riesenschritt auf der Leiter, aber so ein Aufstieg hatte auch seinen Preis, sagte er, weil er dadurch nicht nur nach New Jersey und Kalifornien fahren durfte, sondern gelegentlich auch in die Ratten- und Schweinelabore musste, die zur Pharmaabteilung gehörten.

Das ist die Kehrseite der Medaille, sagte er, und wenn er bei den Ratten und den Schweinen genau hinschaute, drehte es ihm den Magen um.

Einmal hat er mich in ein Schweinelabor mitgenommen, als neue Ferkel geboren waren, und es hat mir überhaupt nicht den Magen umgedreht, weil die Ferkel so niedlich waren und quiekten und durcheinanderpurzelten. Ich wäre gern öfter bei den Ferkeln im Labor gewesen, aber mein Vater sagte, dass die Ferkel in den nächsten Tagen von den Müttern wegkommen würden und es dann nicht mehr so niedlich weitergehen würde. Wir sind hier schließlich nicht auf dem Bauernhof, sagte er, sondern in der medizinischen Forschung.

Ein für alle Mal, sagte mein Vater, wenn meine Mutter ihm Megaphen schmackhaft zu machen versuchte, ein für alle Mal, von Bayer kommt mir nichts in die

Tüte. Und wenn es schon Chlorpromazin sein soll, sagte er, dann nimm wenigstens das von den Franzosen.

Es heißt übrigens nicht Klopomazin, sondern Chlorpromazin, sagte er noch zuletzt, aber meiner Mutter war es nicht wichtig, ob es Klopomazin oder Chlorpromazin hieße, Hauptsache, dass es das Kind zur Vernunft und zur Ruhe brachte.

Klopomazin, dachte ich. Was für ein albernes Wort. So albern wie Teppichklopfer. Ich würde freiwillig niemals etwas schlucken, wo Klopomazin draufstand, so viel war sicher, das schwor ich mir. Aber ich sagte es lieber nicht laut, und wenn meine Mutter mir meine Tabletten gab, waren sie immer schon aus der Verpackung herausgedrückt, also konnte ich nicht ganz sicher sein, ob ich nicht schon längst welche von den Klopomazins runtergeschluckt hatte.

Mein Vater war natürlich kein Arzt, aber seit er in der Medizinabteilung war, hatte er sich in die Materie eingearbeitet und wusste alles über Medikamente. Nicht dass er selber welche genommen hätte, außer natürlich morgens seine Alka-Seltzer, wenn er am Abend vorher zu viel getrunken hatte und es ihm am nächsten Tag so elend ging, dass die Alka-Seltzer sein musste, auch wenn sie nicht von Hoechst war, sondern vom Erzfeind kam.

Im Übrigen, sagte er zu meiner Mutter, im Übrigen

tut's Pyramidon sicher auch. Man muss nicht immer gleich mit Kanonen auf Spatzen schießen.

Aber wenn ich gesagt hätte, dass mein Großvater ein Chinese war, hätten es Pyramidon und Klopomazin auch für meinen Vater mit Sicherheit nicht mehr getan, da hätte ich Gift drauf nehmen können. Selbst wenn ich gesagt hätte, dass ich mir das schließlich nicht selbst ausgedacht hatte, sondern dass es meine Oma und ihre Freundinnen gewesen waren, die gesagt hatten, dass mein Großvater ein Chinese war.

Der Mikrochinese auf meinem Globus sah mir in aller Ruhe zu und wartete, bis ich das Blut halbwegs von meinem Gesicht weg hatte und den Mund wieder richtig bewegen und aufmachen konnte, ohne dass er spannte. Ich konnte sogar schon wieder ein bisschen lächeln, weil es lustig aussah, wie der kleine Mongolenmann da oben im Mondlicht auf meinem Globus lag und die Füße über dem Bügel gekreuzt hatte.

Als er sah, wie ich versuchte, ein Lächeln zusammenzukriegen, sagte er, wer dann noch lachen kann. Dann machte er eine Pause und sagte, du kannst doch noch lachen, und ich sagte, na klar; aber das ist auch so ungefähr das Letzte, woran ich mich von diesem ersten Treffen erinnern kann, weil ich dann eingeschlafen sein muss.

*

Patrice Mounier wohnt nicht weit von hier in einer kleinen Stadt am Fuß der Cevennen.

Irgendjemand hatte ihn mir empfohlen, ich weiß nicht mehr, wer, ich glaube, es war Claude. Ja doch, ich glaube, sie war es, die eines Tages sagte, wenn die Physiotherapie nichts hilft, solltest du vielleicht mal zu Monsieur Mounier gehen. Claude weiß immer irgendwen oder irgendwas. Meistens funktioniert es nicht, aber das ist in Frankreich normal. Ich musste mich erst daran gewöhnen, eine französische Schwiegertochter zu haben, die zu jedem Problem eine Lösung weiß, die dann meistens nicht funktioniert, aber in diesem Fall war es eindeutig so, dass die Physiotherapie nicht funktionierte. Als ich das eine Weile mitgemacht hatte, kam also Claude und sagte, du solltest vielleicht mal zu Monsieur Mounier.

Der Physiotherapeut war ein sehr netter Mann. Nicht dass ich gern da hingegangen wäre, aber ich war guten Willens, und der Mann war nett. Einmal in der Woche eine Sitzung mit ein bisschen Bewegung, Rückenmassage, Wärme, Ultraschall, Kurzwelle, was weiß ich; wenn er die Wärmelampe angeschaltet hatte, ging er vors Haus und rauchte eine Camel neben seiner Harley. Die stand fahrbereit vor der Tür, und eines Tages würde er auch wieder damit fahren, aber noch hatte er einen Hau weg von seinem Unfall. Bei ihm war quasi alles gebrochen gewesen, bei mir nur der untere Lendenwirbel. L1-Fraktur, heißt das medizinisch.

Als das passiert war, hatte ich Pech. Der Fahrer des anderen Wagens hatte das Stoppschild überfahren. Seit ein paar Jahren fahren die Leute dauernd über Stoppschilder, sie blinken nicht, wenn sie abbiegen und überholen. Sie fahren, als ob es keine Verkehrsregeln gäbe; es knallte, mein Kreuz machte knacks, danach dauerte es Stunden, bis ein Krankenwagen kam, weil sich solche Sachen offenbar immer in Funklöchern ereignen, im entscheidenden Augenblick ist die Welt analog.

Schließlich kam der Krankenwagen und machte das Blaulicht an. Als die Sanitäter mich im Krankenhaus abgaben, war gerade landesweiter Krankenhausstreik. Es gibt nichts Langweiligeres als Autounfälle, und sie werden auch nicht interessanter, wenn sie einem selbst passieren. Die Nacht in der Klinik war besonders öde, zwei Pflegerinnen hatten mich in eine Rumpelkammer geschoben, weil die Ärzte noch berieten, ob ich ein akuter Notfall sei, den man sofort behandeln müsse. Es hätte mich interessiert, wie es ausgegangen war, aber dann vergaßen sie das Thema offenbar, nachdem sie gesagt hatten, man müsse abwarten, ob die Milz gerissen sei. Ich fragte, was dann, wenn die Milz gerissen sei, und sie sagten, dass es dann ein akuter Notfall wäre. In der Nacht in der Rumpelkammer versuchte ich, nicht einzuschlafen, ich wollte nicht mit gerissener Milz einschlafen und womöglich dann nicht mehr aufwachen. Aber am Morgen war die Milz offenbar nicht gerissen, eine Putzfrau entdeckte mich, als sie einen Staubsauger holen wollte, ich kam aus der Kammer mit den Geräten raus und ans Morphium ran, das Telefon war konfisziert, Festnetz ging nicht, und ich hatte noch nie mit Morphium zu tun gehabt und wusste sofort, dass Morphium nicht mein Fall ist und ich nicht am Tropf hängen und betäubt werden wollte. Sobald ich ein Telefon in die Finger bekam, sagte ich zu Gianni, dass ich hier unbedingt rausmüsse. Die Ärzte legten mir einen Gips an, der vom Hals bis an die Oberschenkel herunterreichte. Sie hätten mich gern noch ein paar Wochen im Krankenhaus behalten, obwohl es natürlich keinen Unterschied macht, ob man im Krankenhaus oder zu Hause herumliegt, ohne sich bewegen zu können, aber Gianni und Noah kamen mit dem Leihwagen, den sie sich besorgt hatten, nachdem das Auto hin war. Noah hatte gerade seinen Führerschein gemacht, Gianni ließ ihn den Leihwagen fahren. Uns allen dreien kam es vor wie eine Entführung. Gianni hatte einen uralten schwarzen Kaftan im Schrank gefunden, den ich seit Ewigkeiten nicht mehr angehabt hatte, aber ich hatte ihm am Telefon gesagt, dass ich von oben bis unten eingegipst worden war, und da dachte er, dass ich vermutlich in normale Kleidung nicht reinpassen würde und eher ein Fall für den Kaftan sei. Ich wurde vom Morphium runtergenommen, musste eine Erklärung unterschreiben, bekam ein Rezept und durfte mit Gianni und Noah nach Hause.

Du siehst aus wie ein schwarzes Gespenst, sagte Noah, als ich mich sehr langsam über den Krankenhausparkplatz zum Auto hinbewegte. Aber ich stand auf meinen zwei eigenen Beinen und fühlte mich großartig, als ich draußen war. Auf dem Heimweg hielten wir bei der Apotheke an. Noah holte die Medikamente, die der Arzt mir im Krankenhaus aufgeschrieben hatte. Danach hatten wir etwa fünfzig Packungen Morphium im Haus. Irgendwann waren sie übers Verfallsdatum raus, und ich habe sie bei der Apotheke abgegeben.

Das war nun schon ein paar Jahre her. Die Schmerzen waren noch immer da, und es war nicht so, dass ich Lust hatte, mich daran zu gewöhnen, aber sie gingen nicht von alleine weg; der Physiotherapeut war ein sehr netter Mann, die Behandlung war gut gemeint und sehr teuer, die Krankenkasse erstattete einen Teil davon, und es half überhaupt nicht.

Monsieur Mounier würde vierzig Euro für eine Behandlung nehmen, sagte Claude, und ihre Cousine oder ihr Patenkind oder wer immer sei wie neugeboren gewesen, nachdem sie bei Monsieur Mounier war. Was genau Monsieur Mounier machte, wusste Claude nicht, aber ein Besuch bei ihm würde Wunder wirken.

Eine Dreiviertelstunde bei Monsieur Mounier, und die Cervicalgie war weg, sagte sie.

Ich wollte nicht im Detail wissen, was eine Cervicalgie ist, weil ich solche Wörter für ansteckend halte. Außerdem höre ich bei Geschichten nicht zu, aus denen Leute wie neugeboren rauskommen, sobald sie sich unters Messer gelegt, eine Diät gemacht oder einer Kur unterzogen haben, weil ich, sobald jemand davon anfängt, an die Stimmbänder von Louis Armstrong denken muss und sofort Louis Armstrong lachen höre, und dann kriege ich gar nicht erst mit, worum es geht. Also hörte ich bei der Wunderheilung von Claudes Cousine oder Patenkind nicht richtig zu, aber es leuchtete mir ein, als Claude sagte, was riskierst du schon groß, im schlimmsten Fall hast du vierzig Euro in den Teich gesetzt.

Ungefähr das sagte auch Gianni, als ich ihm von Monsieur Mounier erzählte.

Na klar gehst du da hin, sagte er. Im schlimmsten Fall ist es ein esoterischer Spinner.

Ich sagte, das wäre dann nicht der Erste.

In den Cevennen wimmelt es nur so vor sonderbaren Leuten, und etliche davon sind ganz zweifellos esoterische Spinner, aber andere auch nicht. Wenn man eine Weile hier lebt, gewöhnt man sich daran, dass einem gelegentlich sonderbare Leute über den Weg laufen, das ist vielleicht das Schöne an dieser Gegend, dass es vor sonderbaren Leuten nur so wimmelt.

Claude gab mir die Nummer und die Adresse, und nachdem ich angerufen und einen Termin ausgemacht hatte, war ich bei Patrice Mounier auf einigen Budenzauber gefasst.

Seine Frau war am Apparat und hörte sich an, worum es ging.

Ja, natürlich könne ihr Mann mir da helfen. Wann ich denn kommen wolle?

Haben Sie einen weiten Weg, fragte sie, und ich sagte, knapp dreißig Kilometer.

Sie sollten möglichst nicht mit dem Auto fahren, sagte Madame Mounier.

Wie denn sonst, sagte ich.

Öffentliche Verkehrsmittel sind etwas, was wir hier eher vom Hörensagen kennen.

Haben Sie niemanden, der Sie wieder nach Hause fahren kann, sagte Madame Mounier.

Ich werde wohl die dreißig Kilometer noch schaffen, sagte ich, aber sie sagte darauf, an Ihrer Stelle würde ich nach der Behandlung nicht mit dem Auto fahren.

Ich hörte durchs Telefon, wie sie dabei lächelte.

An dieser Stelle machte ich Gianni ein Zeichen und

tippte mir mit dem Finger gegen die Stirn, damit er sehen konnte, womit wir es zu tun hatten.

Madame Mounier sagte noch einmal und sehr endgültig, am besten, Sie bringen jemanden mit, der Sie nach Hause fahren kann.

Dann wartete sie einen Moment, und zuletzt sagte sie noch, und sorgen Sie dafür, dass Sie genug zu trinken haben. Sie werden durstig sein.

Eine Flasche Wasser?

Eher mehr. Eher zwei oder drei, sagte sie.

Und machen Sie anschließend keine Termine. Sie werden sehr müde sein und nachher einen oder zwei Tage lang schlafen.

Das war der Moment, in dem ich mir nicht mehr mit dem Finger gegen die Stirn tippte, sondern die gesamte Hand vor dem Gesicht hin- und herbewegte, um Gianni anzudeuten, dass dies in die Kategorie Ballaballa falle.

Dem Physiotherapeuten erzählte ich nichts von meinem Termin, weil ich bis zuletzt dachte, wahrscheinlich überlege ich es mir noch anders.

Am Abend bevor wir zu Monsieur Mounier fuhren, sahen wir auf ARTE einen französischen Dokumentarfilm über Goldman Sachs. Es war zwar zu der Zeit längst kein Geheimnis mehr, wo überall Goldman Sachs ihre Finger im Spiel haben, aber es bringt einen immer wieder aus der Fassung, es dann in allen Einzelheiten im Fernsehen zu sehen und zu wissen, dass niemand etwas dagegen macht.

Gianni sagte, wenn sie jetzt auf ARTE schon einen Film über Goldman Sachs bringen, können die nicht mehr so furchtbar wichtig sein.

Blackrock, sagte er. Hast du schon mal von Blackrock gehört?

Anschließend kam noch ein Film über die Strände in Griechenland, an denen sich die Leute umbringen, weil sie lieber tot sind, als im Müll nach Essen wühlen zu müssen.

Ich glaube nicht, dass die beiden Filme aufeinander abgestimmt waren, aber es passte.

Ich glaube, es war an diesem Abend, dass ich plötzlich das Gefühl hatte, eigentlich geht es schon seit Längerem nicht mehr so weiter.

Wenn man es sich anschaut, wenn man ganz genau hinschaut, dreht es einem den Magen um.

Aber das ist noch nicht alles, weil es einem ja immer den Magen umdreht, wenn man ganz genau hinschaut.

Inzwischen kann man, während es einem den Magen umdreht, ganz genau sehen, dass es einfach nicht mehr so weitergeht, aber es scheint vielleicht noch einen Moment lang, als ob die Grenzen da verschwimmen. Es steht schließlich kein Stoppschild irgendwo: Hier nicht weitermachen, sonst fliegt uns die Welt um die Ohren. So ein Stoppschild gibt es ja nicht, obwohl man nur hinschauen müsste, um es an allen Ecken und Enden sehen zu können. Aber vielleicht dreht es einem nicht den Magen um, wenn man einfach nicht hinschaut, und deshalb tun alle, als ginge es noch weiter, dabei geht es nicht mehr weiter. Ich erzählte Gianni davon, wie es sich anfühlt, wenn alle so tun, als ginge es weiter, und darüber wurde es natürlich spät, auch weil wir nicht einfach schlafen gehen können, wenn wir gerade gesehen haben, wie Menschen sich umbringen, weil sie nichts zu essen haben.

Es dreht Ihnen den Magen um, wenn Sie das sehen und darüber nachdenken, dass Sie da Urlaub gemacht haben, wann war das gleich, ist noch gar nicht so lange her. Und jetzt bringen sich da, genau da war das, an diesem Strand bringen sich Menschen um, weil sie es nicht ertragen, im Müll nach Essbarem wühlen zu müssen. München–Athen, Billigflieger, anderthalb Stunden Flug und dann weiter im Leihwagen mit GPS auf die Insel, im Hotel all inclusive, mit Frühstücksbüfett und allem Schnickschnack drum herum, griechischer Wein, keine anderthalb Stunden Flug.

Bevor wir am nächsten Morgen zu Monsieur Mounier fuhren, hatte ich es mir jedenfalls anders überlegt und keine Lust auf Hokuspokus.

Blödsinn, sagte ich. Die Welt geht den Bach runter, und ich habe nichts Besseres zu tun, als zu einem Provinzguru zu rennen und mich wunderheilen zu lassen.

Es war Gianni, der sagte, schau's dir doch wenigstens an, du musst ja nicht gleich dran glauben.

Das wäre noch schöner, sagte ich, für vierzig Euro auch noch dran glauben müssen, aber Gianni ließ nicht locker, und schließlich fuhren wir los. Wir hatten zwei Flaschen Vittel in die Kühltasche gepackt. Zwei von den großen Zwei-Liter-Flaschen, weil man ja nicht wissen konnte. Es würde ein warmer Tag werden, so viel war sicher.

Die Mouniers wohnten in einem sehr kleinen alten Haus am nordöstlichen Rand der Innenstadt, Kopfsteinpflaster und keine Parkplätze, und schließlich schafften wir es gerade, auf die Klingel zu drücken, als es von der Kathedrale in der Altstadt elf Uhr läutete.

Madame Mounier machte auf. Sie war vielleicht Mitte siebzig.

Hinter ihr tauchte ihr Mann auf.

Er musste um die neunzig sein. Gianni sagte später, er sei blind. Kann sein, kann nicht sein, würde ich sagen. Mir ist es jedenfalls nicht aufgefallen.

Im Haus roch es nach Knoblauch.

Ich sagte, wie das bei Ihnen duftet, und Madame Mounier zeigte nach links in die Küche und sagte, es gibt Schnecken. Eigentlich ist jetzt noch nicht die Zeit, aber mein Mann liebt Schnecken.

Ich sagte, die gibt's doch tiefgefroren rund ums Jahr.

Madame Mounier lächelte und schüttelte den Kopf.

Sie können hier warten, sagte sie zu Gianni und machte die Tür zu einem Zimmer auf, in dem sich in den Regalen an den Wänden und überall mittendrin vom Fußboden hoch Bücher und Papiere stapelten und gerade eben einen wackeligen Klappstuhl an einem völlig überladenen Schreibtisch frei ließen.

Gianni setzte sich, und ich ging hinter Monsieur Mounier her in einen kleinen unscheinbaren Raum am Ende des dunklen Flurs.

In diesem Raum stand eine Klappliege, sonst nichts. Viel mehr hätte auch nicht reingepasst. Durch das Nordfenster kam gerade so viel Licht, dass ich gut sehen konnte: Das Zimmer war längere Zeit nicht gestrichen worden. Keine Bilder, keine Madonna, kein Buddha oder Räucherkerzen, auch kein elektronischer Firlefanz, nicht mal ein Waschbecken, einfach nichts, außer den nicht gestrichenen Wänden und der Liege.

Ich dachte, Sonderangebot: Massageliege ab 79,90.

Wir hatten vor ein paar Jahren darüber nachgedacht, ob wir eine Massageliege kaufen sollten. Wir hatten über alle möglichen Anschaffungen wegen des Rückens und der Schmerzen nachgedacht.

Bonjour, sagte Monsieur Mounier.

Er sprach einen schweren südfranzösischen Dialekt.

Ich sagte auch Bonjour und fing an, von dem Unfall und dem Lendenwirbel und den Schmerzen zu erzählen.

Monsieur Mounier ließ mich eine Weile reden und sagte dann mittenhinein, ist gut.

Er machte nicht den Eindruck, als ob er zugehört hätte.

Legen Sie sich mal da hin, sagte er.

Nein, nichts ausziehen. Einfach nur hinlegen. Am besten, Sie machen die Augen zu.

Als ich auf der Pritsche lag, hatte ich die größte Lust, aufzustehen und wieder zu gehen. Wie komme ich dazu, plötzlich in einem Alteleutehäuschen in Südfrankreich auf einer Pritsche zu liegen und zu denken, der Raum könnte mal wieder gestrichen werden?

Monsieur Mounier machte erst gar nichts, dann legte er mir eine Hand ans rechte Knie, die andere gleichzeitig oben auf den linken Fußknöchel.

Ich zuckte. Ich mag nicht ungefragt angefasst werden.

Monsieur Mounier nahm die Hände sofort wieder weg, und kurz danach legte er die eine Hand oben auf den rechten Fußknöchel und die andere etwas tiefer aufs Schienbein.

Er fasste mich eigentlich gar nicht richtig an. Es hatte nichts mit der Rückenmassage zu tun, die der

Physiotherapeut einmal die Woche machte. Ich dachte, vielleicht ist er ein Handaufleger. Noah hatte mal eine Freundin gehabt, deren Vater bei der Bahn arbeitete, irgendwo im Gleisbau, und abends legte er bei sich zu Hause Leuten aus der Nachbarschaft die Hand auf. Das war um die Zeit, als die Leute anfingen, nicht mehr zum Arzt zu gehen, weil sie es sich nicht mehr leisten konnten. Es sprach sich sehr schnell herum, dass der Handaufleger helfen konnte; danach dauerte es nicht lange, und er hätte seinen Job bei der Bahn kündigen können, aber er kündigte nicht, weil er ja verrückt gewesen wäre, einen halbwegs sicheren Job aufzugeben. Ich war nie bei ihm gewesen, obwohl er es mir angeboten hatte. Ich dachte, es ist schön und gut, dass Noah diese Freundin hat, aber ich warte erst einmal ab, wie das weitergeht, bevor ich mir von dem Vater der Freundin die Hand auflegen lasse.

Monsieur Mounier legte seine eine Hand auf die linke Schulter, die andere aufs Brustbein. Dann die eine Hand rechts auf die Rippen, die andere auf den linken Oberarm.

Ich hielt die Augen geschlossen.

Die Sache hatte kein System. Jedenfalls war für mich kein System zu erkennen.

Man fühlt sich fremd, wenn man kein System erkennen kann, keine Regel, kein Prinzip, und dann ist es eigentlich nur die Frage, ob man sich fremd und neugierig fühlt oder fremd und ängstlich.

Ängstlich eher nicht.

Ich überlegte, wie das weitergehen würde, und es ging einfach weiter, immer mit beiden Händen gleichzeitig, ohne dass ich hätte vorhersagen können, wo. Vom Oberarm seitlich ans Becken, von dort ans Schlüsselbein, dann an den Ellbogen, kurz mal die Hände drauf und weiter.

Es war ganz still im Raum.

Dann fing Monsieur Mounier an zu sprechen.

Das ist früh losgegangen, sagte er. Das ist losgegangen, da waren Sie noch nicht einmal zwei Jahre alt.

Der südfranzösische Dialekt klingt ziemlich rustikal und ungeschönt, eigentlich fast ein bisschen brutal. Aber ehrlich.

Was soll losgegangen sein, sagte ich und überlegte, ob ich noch einmal das Datum des Autounfalls erwähnen sollte. Der Mann war sehr alt, vielleicht hatte er nicht richtig gehört oder sich nicht richtig merken können, was ich vorher gesagt hatte. Ich glaube natürlich nicht, dass alle Leute ab siebzig Alzheimer haben. Wenn man seine Kindheit in einem Pharmahaushalt verlebt hat, glaubt man an so manche der Krankheiten nicht, die über die Jahre in Mode kommen und wieder verschwinden, sobald der Markt gesättigt ist von dem Zeug, das gegen die Krankheiten helfen soll. Aber vor ein paar Jahren war gerade so eine Zeit, in der man kaum vermeiden konnte, von morgens bis abends zu hören, dass das Vergessen die neue Volkskrankheit sei, und Monsieur Mounier war wirklich schon sehr, sehr alt. Also konnte ich gar nichts dagegen machen, das Wort Alzheimer zu denken, weil solche Gedanken zum Reflex werden, wenn man das Wort jeden Tag auf Schritt und Tritt mehrmals hört.

Sehr früh ist das losgegangen, sagte er.

Und das hier – das hier, sagte er dann, als er seine eine Hand auf mein Handgelenk gelegt hatte, die andere legte er dabei kurz über mein linkes Knie, das hier kam alles, als Sie schon älter waren. Fünf, sechs, sieben Jahre, vielleicht acht oder neun.

Mir wurde übel. Ganz ohne Vorwarnung.

Ich sagte, was kam, als ich sechs, sieben, acht oder neun war, und Monsieur Mounier sagte, Sie sind es, die das wissen. Ich kann das nicht wissen, aber Sie erzählen mir das.

Er legte seine Hände wieder irgendwohin, Oberarme, Unterarme, Handgelenk, Hals, Schulter, Brustbein, Ferse, und ich sagte, ich habe Ihnen gar nichts erzählt, ich habe doch überhaupt kein Wort gesagt.

Aber Sie wissen das, sagte Monsieur Mounier, sonst könnten Sie es mir nicht erzählen.

Warten Sie, ich mache kurz das Fenster auf, sagte er dann, Sie brauchen ein bisschen frische Luft.

Er öffnete das Fenster, atmete die Luft tief ein und sagte, die Welt im September ist schön.

Ich sagte, wissen Sie, wie lange das her ist? Das ist Jahrzehnte her.

Das denken Sie nur, sagte Monsieur Mounier, das ist nicht vorbei. Sie erzählen es mir, also ist es da.

Ich sagte, ich habe das Gefühl, es dreht mir den Magen um.

Die Luft wird Ihnen guttun, sagte er und machte weiter.

Und dann die Intoxikation, sagte er schließlich. Es klang, als ob eine Intoxikation in meinem Fall die schlüssige Fortsetzung von »dem hier« sei, das gekommen war, als ich schon älter gewesen war, also fünf, sechs, sieben, vielleicht acht.

Ich sagte, wovon sprechen Sie?

Ver-giif-tung, sagte Monsieur Mounier auf Deutsch und artikulierte jede Silbe getrennt.

Sie sind doch Deutsche, sagte er dann auf Französisch. Er legte seine Hände noch hierhin und dahin und klang eindeutig: Es gab da eine Intoxikation, bis Sie elf Jahre alt waren. Elf oder zwölf.

Danach sagte er eine Zeit lang nichts und machte weiter. Schließlich sagte er, drehen Sie sich mal auf die Seite. Ich legte mich nach links mit dem Blick aufs Fenster, und das Handauflegen fing wieder an.

Eine Weile überlegte ich noch, in was ich da hineingeraten war, dann hörte ich auf, es mir zu überlegen oder überhaupt nachzudenken, ich wartete nur darauf, wie es weitergehen würde, und irgendwann hörte Monsieur Mounier auch auf.

Er stand hinter mir und war still.

Ich sagte, Sie sprechen Deutsch.

Achtung, stillgestanden, sagte Monsieur Mounier und fügte dann auf Französisch hinzu, das war im Krieg.

Sie können jetzt aufstehen, sagte er.

Ich setzte mich hoch, und mir wurde kurz schwarz vor Augen. Übel war mir nicht mehr.

Es ist normal, dass Ihnen schwindelig ist, sagte Monsieur Mounier. Sie fühlen sich schlapp, und jetzt sprach er weiter auf Deutsch, Sie hängen schlapp wie ein – wie sagt man bei Ihnen – wie ein Schluck Wasser in der Wäsche.

Ich lachte und wunderte mich. Die Franzosen können eigentlich kein Deutsch.

Kriegsgefangenschaft, fragte ich.

Fünf Jahre. Stalag III A. Luckenwalde. Vierzig bis fünfundvierzig.

Ich hätte gern gesagt, das ist lange her, aber plötzlich dachte ich, Mounier hat vielleicht recht, vielleicht ist das gar nicht so lange her und vorbei, vielleicht tun alle nur so, als ob das alles vergangen wäre, und in Wirklichkeit ist es gar nicht weit weg, sondern hier und jetzt.

Ich schaute ihn an und roch wieder den Knoblauchduft, der im ganzen Haus lag.

Und jetzt, sagte ich. Wie geht es jetzt weiter?

Zugleich wurde mir nach der Übelkeit und dem Schwindel wohler, obwohl ich immer noch nicht wusste, in was ich hier hineingeraten war, aber es machte mir nichts aus.

Mir war, als hätte ich ein Déjà-vu, aber es war kein Déjà-vu. Es war eine ganz fremde Vertrautheit mit dem Raum, dem alten Mann, dem Knoblauchduft, ich hatte nichts davon je erlebt, ich war noch nie hier gewesen und war dem Mann noch niemals begegnet. So viel war sicher. Trotzdem war ich völlig aufgehoben in den wenigen Minuten, bis die Sitzung vorbei war.

Ich sagte, und nun?

Monsieur Mounier sagte, immer noch auf Deutsch, wer dann noch lachen kann. Sie können doch noch lachen?

Das will ich doch hoffen, sagte ich auf Französisch.

Er lachte leise und sagte, wer dann noch lachen kann, der kann lachen.

Zwischen seinen beiden oberen Schneidezähnen war eine große Zahnlücke. Viele Menschen haben eine

Zahnlücke zwischen den beiden oberen Schneidezähnen. Mein Vater hatte auch eine, deshalb muss ich immer, wenn ich jemanden sehe, der eine Zahnlücke zwischen den oberen Schneidezähnen hat, an meinen Vater denken.

So was kennen Sie auch.

Wenn Sie in der U-Bahn oder im Supermarkt oder im Park hinter sich das Rasierwasser Ihres Freundes oder das Parfüm Ihrer Mutter riechen, drehen Sie sich automatisch um, weil Sie denken, Ihr Freund oder Ihre Mutter stünde hinter Ihnen, auch wenn Sie wissen, dass Ihr Freund längst in Glasgow wohnt und Ihre Mutter im Heim ist und nicht so einfach da rauskann in die U-Bahn oder den Supermarkt oder den Park, aber die Anwesenheit ist plötzlich da.

So ähnlich ist das bei mir mit Zahnlücken zwischen den Schneidezähnen. Ich denke natürlich nicht, dass mein Vater da ist oder dass derjenige, der die Zahnlücke hat, mit meinem Vater zu tun haben könnte, aber ich bekomme immer einen Schreck.

Ich hatte meinen Vater seit Jahrzehnten nicht gesehen. Trotzdem bekam ich einen Schreck und schaute sofort auf Monsieur Mouniers Hände. Sie waren nicht vernarbt wie die Hände meines Vaters, nur sehr alte faltige Hände mit großen Pigmentflecken darauf.

Monsieur Mounier sah meinen Blick und schaute sich auch seine Hände an.

Das ist nicht vergangen, sagte er jetzt wieder auf Französisch. Das ist alles da.

Er sagte das nicht zu mir, sondern nur für sich selbst, und durch den südfranzösischen Dialekt klang es wie eine Bauernregel. Hier in der Gegend haben sie jede Menge Bauernregeln, die offenbar auch noch alle kennen, obwohl man sie eigentlich längst vergessen könnte, weil das Wetter schon lange nicht mehr dazu passt. Aber sobald sie eine dieser Regeln in ihrem südfranzösischen Dialekt zum Besten geben, denkt man, dass das alles stimmen wird, »Gewitter im September gibt Schnee im Dezember«, Klimawandel hin, Klimawandel her.

Genau so sagte Monsieur Mounier das mit dem Vergangenen vor sich hin. Wie eine südfranzösische Bauernregel. Dann schüttelte er den Kopf, sah mich an und sagte, Sie brauchen nicht noch einmal zu kommen.

Ich sagte, Sie meinen, das war schon alles?

Das war's, sagte er, kommen Sie, Ihr Mann wartet schon eine ganze Weile in meinem Büro.

Ich sagte, ich habe kein Gefühl, wie lange das gedauert hat.

Monsieur Mounier lachte wieder.

Später sagte Gianni, dass es eine knappe Dreiviertelstunde gedauert hatte.

Wir gingen in Monsieur Mouniers Büro, Gianni stand von seinem Klappstuhl auf und versuchte, an meinem Gesicht abzulesen, was in dieser knappen Dreiviertelstunde passiert war, ich zahlte die vereinbarten vierzig Euro, Monsieur Mounier steckte sie in die Hosentasche, und dann brachte er uns zur Tür. In der Küche klapperte Madame Mounier mit Besteck und Geschirr und rief uns Au revoir zu.

Haben Sie was zu trinken dabei, Sie werden Durst bekommen, sagte Monsieur Mounier, als er die Tür zur Straße schon geöffnet und nach uns einen Schritt über die Schwelle auf den Bürgersteig gemacht hatte.

Jede Menge, sagte Gianni.

Er ging langsam vor, falls Monsieur Mounier noch etwas mit mir zu besprechen haben sollte, aber da war nichts mehr zu besprechen.

Ich gab Monsieur Mounier die Hand und merkte plötzlich eine große Müdigkeit. Der alte Mann sagte, Au revoir, Madame, ging vom Bordstein zurück ins Haus, drehte sich, schon im Flur, noch einmal kurz um und hob die rechte Hand leise und unbestimmt halb hoch, wie zu einem flüchtigen Winken.

Und grüßen Sie die kleine Karline, sagte er und schloss die Tür.

Jedenfalls hörte ich, wie er das sagte.

Und grüßen Sie die kleine Karline.

Ganz sicher habe ich es gehört.

Gewundert hat es mich nicht, wahrscheinlich weil ich so müde war, dass ich dachte, ich schlafe gleich hier auf der Straße ein.

Und grüßen Sie die kleine Karline.

Mach ich, sagte ich. Gianni war ein paar Meter weiter stehen geblieben und drehte sich um, um auf mich zu warten.

Hast du das eben gehört, sagte ich, als ich ihn erreicht hatte, aber er war außer Hörweite gewesen.

Was soll ich gehört haben?

Ist jetzt nicht so wichtig, sagte ich.

Und? War's ein esoterischer Spinner?, sagte Gianni.

Eher nicht, sagte ich.

Und dann sagte Gianni den Satz, bei dem es in meinem Gehirn einen Kurzschluss gab. Er sagte ihn ganz leichthin, weil er nicht wusste und gar nicht wissen konnte, was er da sagte.

Gianni sagte, immerhin ist unser Monsieur Mounier ein Mikrochinese.

In meinem Gehirn tat es einen elektrischen Schlag. Es fing an zu zischen und Funken zu schlagen. Irgendein Strom floss nicht so, wie er vorher geflossen war. Der Strom war von einem Pol übergesprungen auf einen anderen Pol, ich hatte blaue und weiße Flammen vor den Augen, und alles, was ich je erlebt hatte, war plötzlich in diesem Zischen und Flammenzucken gleichzeitig da. Nichts, was ich je erlebt hatte, war mehr nacheinander, vorher, nachher, früher, später, damals, heute, alles war auf einmal passiert. Kein Kopf hält das aus, wenn alles zur gleichen Zeit da ist. Es zischte, dass ich dachte, die Flammen müssten mir zum Kopf herausschlagen, ein Kurzschluss, und dann war die Sicherung durch und die Spannung weg.

So ein Kurzschluss dauert höchstens ein, zwei Sekunden. Gianni hatte gar nichts davon mitbekommen.

Immerhin ist unser Monsieur Mounier ein Mikrochinese.

Was ist er?, sagte ich und blieb auf der Straße stehen.

Ein Mikrochinese oder so was, sagte Gianni. Steht jedenfalls auf dem Schild neben der Tür.

Ich hatte kein Schild gesehen, als wir gekommen waren.

Ich zeig's dir, sagte Gianni. Er fasste mich am Ellenbogen, weil er dachte, ich kippe um.

Ich hatte überhaupt kein Blut mehr im Gehirn und merkte, wie ich weiß im Gesicht wurde.

Dann gingen wir langsam zum Haus der Mouniers zurück. Rechts neben der Tür war ein unscheinbares kleines Schild.

Da hast du's, sagte Gianni und zeigte auf das Schild. Ein Mikrochinese, was immer das sein mag.

Mikrokinesitherapie, las ich laut.

Sage ich ja, sagte Gianni, ein Mikrochinese.

Was es nicht alles gibt, sagte ich.

Der Knoblauch duftete inzwischen bis auf die Straße.

Es ist eigentlich noch gar nicht die richtige Zeit für Schnecken, sagte ich. Hat jedenfalls Madame Mounier gesagt.

Und wann ist die Zeit für Schnecken, sagte Gianni.

Dann gingen wir langsam zum Auto.

Als ich einstieg, hatte ich Durst, und mir fielen die Augen zu. Ich hörte das Kind. Es war übel zugerichtet, also würde es am nächsten Tag nicht zur Schule müssen. Die Mutter würde ihm eine Entschuldigung schreiben, in der etwas von Anämie stand. Anämie war eine Zeit lang der Renner. Anämie kommt von Megaphen. Das Kind sollte mit dem Megaphen aufhören, das die Mutter ihm gab. Das Kind sollte aus der Wohnung raus, in der diese Dinge passierten. Irgendwohin in die Welt, möglichst weit weg von zu Hause.

Ich war viel zu müde, um jetzt mit dem Kind zu sprechen. Ich trank eine halbe Flasche Vittel.

Geht's, sagte Gianni, und ich sagte, geht schon.

Das Kind saß im Bett im Dunklen. Dass die Mutter

es immer im Dunklen sitzen ließ, machte mich wütend. Die Mutter machte mich wütend, aber ich war zu müde, um dem Kind zu sagen, dass es mal darüber nachdenken sollte. Es blutete an der Lippe, aus der Nase und am Ohr, und die Hüfte war blau, aber das würde es erst am nächsten Tag sehen. Dumm gegen die Kante vom Schrank gedonnert.

Da müssen wir durch, Karline.

In all den Jahren ist mir nichts eingefallen, was ein Kind dagegen machen kann, weil es wahrscheinlich überhaupt nichts gibt, was es dagegen machen könnte. Es gibt nichts. Das Kind hat noch keine Stimme, also müssen wir da durch, aber ich war zu müde. Ich sagte, das ist dann wohl ein Fall für den Mikrochinesen.

Gianni sagte, wir sind gleich zu Hause.

Erzähl das dem Mikrochinesen, sagte ich. Hörst du, dem erzählst du das alles, ich muss jetzt unbedingt etwas schlafen.

Ist gut, sagte Gianni.

*

Einige Monate nach meinem Besuch bei Monsieur Mounier starb mein Vater. Ich hatte ihn dreißig Jahre lang nicht mehr gesehen. Nach meinem Unfall hatte ich ihn kurz angerufen, nur für den Fall, dass er davon gehört hatte. Ich wollte ihm nichts von dem Unfall erzählen, nur kurz sagen, dass ich noch lebte. Er sagte, dass er auch noch lebte, und ich wusste nicht, was das bedeuten könnte, und dann legte er auf.

Danach habe ich viele Jahre nicht mehr mit ihm telefoniert und erst kurz vor Noahs und Claudes Hochzeit noch einmal angerufen, weil ich dachte, ich sollte ihm sagen, dass sein Enkelsohn heiratet. Noah hat seinen Großvater nicht gekannt, aber manchmal überspringen Gene eine Generation und tauchen in der nächsten wieder auf, und so kommt mir das mit Noah und seinem Großvater vor. Wenn ich heute das Hochzeitsfoto von Noah sehe, das bei ihm und Claude in der Wohnung hängt, erschrecke ich jedes Mal wieder und denke, ich sehe meinen Vater.

Jedenfalls dachte ich, mein Vater sollte vielleicht wissen, dass sein Enkelsohn heiraten würde, und rief an.

Ich sagte, ich bin's.

Du schon wieder, sagte mein Vater.

Das war der letzte Satz, den ich von ihm gehört habe. Du schon wieder.

Es klang, als ob ich ihn dauernd belästigen würde. Als ob wir gerade eben, vor fünf Minuten, den Hörer aufgelegt hätten und ich nun schon wieder etwas von ihm wollte.

Ich sagte, ich rufe nur an, um dir zu sagen, dass Noah im Juli heiraten will.

Er sagte nichts und legte auf.

Es hätte mich gewundert, wenn er mich noch einmal hätte sehen wollen, bevor er starb, aber nachdem seine Frau mir geschrieben hatte, dass er wahrscheinlich sterben würde, hielt ich ein paar Wochen lang die Zeit an. Es ist nicht so, dass ich wartete, aber ich hielt die Zeit an. Nur für den Fall.

Ich weiß nicht, was ich gemacht hätte, wenn er mich noch einmal hätte sehen wollen.

Die Frage stellte sich nicht.

Du schon wieder, war der letzte Satz, den ich von meinem Vater gehört habe, nachdem ich ihn dreißig Jahre lang nicht gesehen hatte.

Nachdem er gestorben war, überlegte ich, ob ich meine Mutter anrufen sollte. Ich hatte meine Mutter seit meinem Unfall nicht mehr gesehen. Sie war damals gekommen, weil sie nicht glaubte, dass Gianni und ich damit klarkommen würden, und sie hatte Gianni erklärt, wie man Rührei brät.

Gianni hatte es sich erklären lassen, weil er wusste, dass es keinen Sinn hatte, ihr zu sagen, dass er schon das eine oder andere Rührei in seinem Leben gebraten hatte. Irgendwann fuhr sie wieder nach Hause und war beleidigt, dass wir ohne sie zurechtkamen und Gianni Rührei braten konnte.

Vorher hatte ich sie zwölf Jahre lang nicht gesehen. Zwischen ihr und uns liegen mehr als tausend Kilometer.

Es gab Zeiten, in denen wir telefonierten, und es gab Zeiten, in denen wir nicht telefonierten.

Als mein Vater starb, telefonierten wir gerade nicht. Dabei ist es geblieben.

Es gab eine Beerdigung, aber ich fuhr nicht hin.

Ein paar Monate danach kam von seiner Frau noch einmal eine Karte mit schwarzem Rand. Mein Vater hatte gewollt, dass seine Asche vor Ostende ins Meer gestreut wird. Das ging nicht, weil in Ostende zu viel Schiffsverkehr ist, also wollte seine Frau die Urne ins Auto packen und damit an den französischen Atlantik in einen kleinen Ort mit weniger Schiffsverkehr fahren.

Als die Karte ankam, auf der das mit der Seebestattung stand, sagte Gianni, sie sollte nicht allein da hinfahren, nur sie und die Urne.

Ich sagte, ich stelle es mir sonderbar vor, dass jemand mit der Urne seines Mannes im Auto an den Atlantik fährt und sie dort ins Meer ausschüttet.

Meinst du, sie ist allein auf dem Meer, sagte Gianni.

Ich sagte, es sind doch bestimmt noch andere Leute da.

Es waren dann noch ein paar andere Leute da, aber nicht sehr viele.

Am Atlantik ging an diesem Tag die Hummersaison zu Ende.

*

Solche Sachen passieren dauernd, und das bisschen Pech wäre eigentlich nicht der Rede wert. Leute überfahren immerzu Stoppschilder, ohne dass die Welt davon untergeht und man davon viel Aufhebens machen müsste.

Die Nachbarn kriegen mit, dass es nebenan ziemlich laut wird und gar nicht mehr aufhört, das Weinen oder das Bitte-nicht, und wenn jemand gegen den Schrank knallt oder einen Stuhl auf den Kopf kriegt, tut es einen dumpfen Schlag. Meistens kommt anschließend erst ein Wimmern, manchmal ein Stöhnen, bevor es weitergeht.

Man kann auch ganz genau hören, wann einer gerade am Stoppschild vorbeigerauscht ist, weil er von dem Moment an immer dasselbe brüllt: Mit mir machst du das nicht, nicht mit mir. Immer und immer wieder dasselbe: Elendes Miststück, nicht mit mir, ein Haufen Dreck bist du, aber das wäre ja gelacht, das hast du dir so gedacht, dass du das mit mir machen könntest, das könnte dir so passen, aber so was macht man mit mir nicht, nicht mit mir, dafür brech ich dir alle Knochen; einzeln brech ich sie dir, mit mir nämlich nicht, du Schlampe, du Nutte, jeden Knochen, das sag ich dir, darauf kannst du dich verlassen.

Sobald es so klingt oder so ähnlich, weiß man, nebenan ist was im Busch. Da ist gerade einer am Stoppschild vorbeigerauscht. Man hört es auch unmittelbar nach dem Stoppschild, weil sich dahinter der Ton verändert und der andere anders wimmert, wenn er denkt, jetzt ist es gleich mit ihm aus und vorbei. Und wenn es nach einer Weile immer noch nicht aufhört, das Schreien und Wimmern nebenan, gehen die Nachbarn vielleicht kurz mal rüber und fragen, ob alles in Ordnung sei oder ob sie helfen könnten. Derjenige, der gerade das Stoppschild überfahren hat, tritt auf die Bremse und sagt, was für ein Glück, dass Sie kommen, liebe Nachbarn, ich glaube, das war gerade noch knapp zur rechten Zeit, ich habe wohl eben versehentlich ein Stoppschild überfahren, ohne es überhaupt zu merken. Das hätte gewaltig ins Auge gehen können, wenn Sie mich nicht gebremst hätten, wissen Sie, ich liebe nämlich meine Tochter. Oder er sagt, ich liebe nämlich meine Frau oder wen immer er liebt und nicht totschlagen möchte. Und dann sagt er weiter, es wäre doch zu schade und überhaupt ein Jammer, wenn ich sie jetzt erschlagen hätte, aber ich war tatsächlich kurz davor.

Beim einen ist es die Tochter, oder es sind gleich mehrere Kinder. Jedenfalls so etwa bis zwei oder drei, ab drei ist es nicht mehr gut zu schaffen, beim anderen ist es die Frau oder der Freund, aber im Grunde ist es wahrscheinlich überall ziemlich das Gleiche.

Die Frau oder das Kind hätten, sobald der Nachbar geklingelt hat, Zeit gehabt, sich aufzurappeln und ins

Bad zu verschwinden, weil sie nicht so appetitlich aussehen mit einem blauen Auge und der Platzwunde am Kinn oder auf dem Kopf und dem Blut überall. Sie könnten sich in Ruhe das Gesicht waschen, die Nase putzen und die Haare kämmen, sich ein bisschen hübsch machen, bevor sie wieder rauskommen und den Nachbarn die Hand geben, und mein Halbonkel Gaston zum Beispiel hätte nicht ins Gefängnis gemusst und seine Kinder nicht ins Heim.

Vielleicht hätte auch meine Mutter, wenn sie merkte, dass es losging und das Stoppschild in Sichtweite kam, von sich aus zu den Nachbarn rübergehen können und mal kurz klingeln, falls die nichts davon mitbekommen hatten, weil sie die Musik laut laufen hatten oder gerade vor dem Fernseher saßen und eine Quizsendung oder einen Krimi sahen, in denen auch geschrien wurde. Im Fernsehen wird sehr oft geschrien, das war früher nicht anders als heute; wenn man den Apparat anhat, merkt man das nicht so, aber tatsächlich ist es ein einziges Schreien und eine dauernde Brüllerei, was im Fernsehen läuft, und wenn man eine Quizsendung oder einen Krimi sieht, kann es schon vorkommen, dass man nicht hört, was nebenan gerade passiert.

Eigentlich ist es gut, dass nicht jeder immer so ganz genau sieht und hört, was beim anderen los ist. Das wäre ja noch schöner, wenn man nicht mal bei sich in der Wohnung ungestört sein könnte, ungestört reden und gelegentlich auch mal streiten. Man will schließlich auch mal für sich sein, ganz ohne dass jemand alles genauestens mitbekommt, außer dem Kühlschrank natürlich, der wissen muss, was einem fehlt; und die Nachbarn wollen schließlich auch ungestört ihre Quizsendung oder den Krimi verfolgen. Aber wenn meine Mutter geklingelt und gesagt hätte, seien Sie doch bitte so nett, und kommen Sie mal kurz rüber, ich glaube, mein Mann ist gerade am Stoppschild vorbeigerauscht, nicht dass er am Ende das Kind noch totschlägt – ich nehme doch an, dass bestimmt einer von ihnen aufgestanden wäre, weil es in dem Moment womöglich nicht so wichtig gewesen wäre, welcher römische Kaiser als Erster zum Christentum übergetreten ist.

Merkt euch jedenfalls den Namen, ich tippe auf Gratian, hätte der Nachbar vielleicht zu den anderen gesagt und wäre dann mit meiner Mutter in unsere Wohnung gegangen. Vielleicht hätte mein Vater auch mitbekommen, dass meine Mutter zu den Nachbarn gelaufen wäre, und es könnte schließlich sein, dass er dadurch zu sich gekommen wäre und das Stoppschild gesehen hätte. Jedenfalls hoffte ich sehr oft, dass meine Mutter zu den Nachbarn hinüberginge, obwohl es nicht sehr wahrscheinlich war, weil meine Mutter, bevor es losgegangen war, selbst gesagt hatte, dass das Kind eine väterliche Hand brauchen würde, aber vielleicht hätte sie trotzdem das Stoppschild sehen und bei den Nachbarn klingeln können. Geschadet hätte es jedenfalls nicht, und wenn mein Vater sich dann gefangen hätte und der Nachbar wieder in sein eigenes Wohnzimmer zurückgekommen wäre, hätte sein Sohn gesagt, ätsch, Papa, es war nicht Gratian.

So, hätte der Nachbar gesagt, es war nicht Gratian? Dann hätte er sich gewundert, weil er keine Ahnung davon hatte, dass Konstantin der Große als erster römischer Kaiser zum Christentum übergetreten sein sollte.

Konstantin der Große, hätte er gesagt, das war doch der mit Konstantinopel, wart mal; war das nicht der, der seinen Sohn und seine Frau hat umbringen lassen, und die Nachbarsfrau hätte vielleicht gesagt, apropos umbringen: Ist da drüben bei denen alles in Ordnung?

Die Nachbarn direkt unter uns im Parterre hatten keine Kinder. Eigentlich hätte ihnen eine Dreizimmerwohnung gereicht, aber die Firma hatte für Leute, aus denen was werden sollte, nur größere Wohnungen in unserer Siedlung gebaut. Also gab es nur Vier- oder Fünfzimmerwohnungen, und das zu einem Preis, dass andere denken konnten, man hätte im Lotto gewonnen. Jedenfalls sagten das alle, die nicht in der Siedlung wohnten, und das waren die meisten aus meiner Klasse.

Neben uns war ein Mediziner mit seiner Frau und den drei Kindern eingezogen, sie hatten die Fünfzimmerwohnung bekommen, die meine Eltern gern gehabt hätten. Aber dafür hätten meine Eltern auch drei Kinder haben müssen wie die Gittels, und meine Mutter sagte, um keinen Preis der Welt würde sie noch ein Kind haben wollen, weder ein eigenes noch die beiden von Gaston, also hatten wir die Vierzimmerwohnung bekommen. Mit den Gittels hatten wir nichts zu tun, weil sie für antiautoritäre Erziehung waren und manchmal etwas lauter wurden, wenn sie Freunde eingeladen hatten, mit denen sie Jazzplatten hörten, Louis Armstrong, Judy Garland und noch andere, von denen ich die Namen nicht kannte, weil mein Vater sie auch nicht kannte und meine Mutter unkultivierte Musik sowieso nicht kennen wollte.

Dass die Gittels ihr Gedudel immer so laut aufdrehen müssen, sagte sie.

Nach den Nachrichten sprachen die Gittels und ihre Freunde meistens über Politik und Kindererziehung und über den Vietnamkrieg, ohne die Musik dabei auszuschalten, und dann war es wirklich laut.

Da drüben saßen oft etliche Erwachsene und eine ganze Horde Kinder auf den Matratzen, die sie in der Mitte der Wohnung auf dem Boden verteilt hatten, und natürlich ging es hoch her, auch wenn es eine Fünfzimmerwohnung war. Aber man konnte genau hören, dass es einfach nur hoch herging, ohne dass jemand gegen den Schrank geknallt wurde oder einen Stuhl auf den Kopf kriegte.

Meine Eltern waren für die Sozialdemokraten. Sie hätten es lieber gehabt, wenn die Sozis alleine an der Regierung gewesen wären und nicht mit der CDU zusammen, weil eine große Koalition nur ein Notbehelf ist, aber auf Dauer ungesund für ein Land, und am liebsten wäre ihnen die SPD gewesen. Wegen unserer Flucht aus dem Osten waren sie empfindlich gegen Kommunisten, auch wenn mein Vater sagte, dass man gegen die Kommunisten sagen könne, was man wolle, aber sie hätten ihn jedenfalls trotz seiner Herkunft studieren lassen, das hätte der Westen ganz sicher nicht gemacht. Aber trotzdem störten ihn die Nachbarn, wenn auch nicht wegen der Musik, die er eigentlich mochte. Eher wegen Vietnam. Nicht dass meine Eltern den Vietnamkrieg gut gefunden hätten, wo es einem schon den Magen umdrehte, wenn man ihn abends in den Nachrichten ansehen musste, aber mein Vater sagte, es ist ja schön und gut, dass die Firma so tolerant mit ihren Angestellten ist. Das ehrt die Firma, sagte er, aber Gittel ist schließlich in einer Vertrauensposition, Gittel ist ein Geheimnisträger, und er fragte sich, ob es wirklich im Sinne der Firma sei, dass die Gittels mit ihren Freunden da drüben Ho Ho Ho Chi Minh skandierten, das gehe ihm doch zu weit.

Ho Chi Minh hatte mit dem Vietnamkrieg zu tun, aber es war schwierig, über ihn etwas Genaues herauszufinden. Vietnam liegt auf dem Globus gleich neben China und war genau wie Deutschland in zwei Hälften aufgeteilt, ein kommunistisches und ein westliches. Ho Chi Minh war der Präsident auf der kommunistischen Seite. Auf der westlichen wusste man es nicht so genau, weil es da auch einen Präsidenten gegeben hatte, aber der war kurz vor Kennedy umgebracht worden und außerdem katholisch gewesen, obwohl Vietnam eher kein katholisches Land war. Das wusste ich aus der Leihbibliothek und wegen meines Großvaters, der bestimmt Buddhist gewesen war, weil Chinesen meistens Buddhisten sind und Vietnamesen auch. Ho Chi Minh war bestimmt auch Buddhist. Er war gegen den Vietnamkrieg und für die Wiedervereinigung von Vietnam, und das schien mir sehr vernünftig, weil Kriege nichts als Verderben über die Menschen bringen, das hatte mein Onkel Winkelmann mir gesagt, und eine Menge Leute schienen es auch vernünftig zu finden, dass Vietnam wiedervereinigt werden wollte.

Eigentlich war auch die SPD gegen den Krieg und für die Wiedervereinigung, aber da ging es natürlich um Deutschland. Ich fand, es hätte auch um Vietnam gehen können, sogar unsere Schülervertretung war gegen den Krieg in Vietnam, und einige Lehrer hatten ihre Unterschrift dazu gegeben, dass der Krieg beendet werden sollte. Aber mein Vater sagte, wenn ich dich je erwische.

Haben wir uns verstanden, sagte er, und ich sagte, ja, obwohl ich es nicht verstanden hatte und sowieso erst in der Unterstufe war. In der Unterstufe durfte man noch keine Unterschrift unter die Erklärungen zum Vietnamkrieg setzen.

Trotzdem fand ich es gut, dass unsere Nachbarn für Ho Chi Minh waren, aber mein Vater sagte, das kann den Gittel seine Karriere kosten.

Meinst du, sagte meine Mutter und hoffte, dass mein Vater damit recht hatte, weil sie lieber andere Nachbarn gehabt hätte als die Gittels, die ihr zu laut und unkultiviert waren.

Darauf kannst du Gift nehmen, sagte mein Vater. Das kann ihn seine Karriere kosten.

Meine Mutter verstand nicht, was er sagen wollte.

Was stellst du dir vor, sagte mein Vater und schüttelte den Kopf. Denkst du, die Farbwerke wären ein christlicher Gesangsverein?

Das nicht gerade, sagte meine Mutter, und mein Vater sagte, von wem, glaubst du, haben die Amerikaner das Zeug?

Welches Zeug, sagte meine Mutter, und mein Vater sagte, das Dioxin. TCDD. Agent Orange.

In den Nachrichten kam Agent Orange manchmal vor, weil die Amerikaner es gerade zu der Zeit im Krieg über Vietnam versprühten. Es sah auf dem Fernseher aus, als wären es die Kondensstreifen, mit denen die Flugzeuge weiße Linien in den Himmel malten, nur waren es keine schmalen Streifen, sondern große weißliche Schleier. Mein Vater hatte mir erklärt, dass es ursprünglich ein Entlaubungsmittel gewesen war, und die Amerikaner hatten die Idee gehabt, es in Vietnam einzusetzen. Eigentlich war es so gedacht: Sobald das Zeug auf Bäume und Wälder gesprüht wird, fällt auf der Stelle das Laub ab, und die Amerikaner konnten von oben die Vietnamesen genau erkennen und abschießen, sobald die Flugzeuge über ihnen waren, und wer nicht abgeschossen wurde, der kriegte jedenfalls eine Ladung Dioxin ab, dass es reichte.

Und wenn ich dich je erwischen sollte, sagte mein Vater zu mir, weil er mir eigentlich nicht hatte sagen wollen, dass die Farbwerke den Amis Dioxin verkauften.

Kein Sterbenswörtchen davon zu irgendjemandem, hörst du? Haben wir uns verstanden.

Natürlich sagte ich es niemandem, aber kurz danach hatte es jemand herausgefunden, und es stand in der Zeitung. Als es in der Zeitung stand, machte sich mein Vater erst Sorgen. Aber zum Glück waren es nicht nur die Farbwerke, die den Amis Dioxin verkauften, sonst wäre es ihnen nicht gut bekommen, weil die Leute bei uns in Deutschland vielleicht ihre Spalttabletten und das Pyramidon nicht mehr von den Farbwerken gekauft hätten, obwohl das Dioxin nicht unter die Arzneimittel fiel, sondern in die Landwirtschafts- und die Chemieabteilungen. Aber natürlich sind die Grenzen da fließend. Man kann nie so ganz unterscheiden, was nun Landwirtschaft ist, was Chemie und was Medizin, und wegen des Dioxins und des Agent Orange hätten die Leute also möglicherwiese das Pyramidon und die Spalttabletten nicht mehr gekauft. Vielleicht auch das Insulin und die ganze Medizin, die die Farbwerke zum Wohl der Menschheit entwickelten und herstellten und verkauften, damit niemand mehr krank sein musste auf der Welt. Das alles wäre durch die chemische Abteilung in Mitleidenschaft gezogen worden, und der Feind hätte sich ins Fäustchen gelacht, aber es kam dann nicht dazu, weil die Farbwerke nicht die Einzigen gewesen waren, die den Amis Dioxin verkauft hatten. Bayer und noch ein paar andere hatten es auch getan, also eigentlich alle, und wenn es alle machen, ist es auch schon egal, ob man Spalttabletten nimmt oder Aspirin.

Manchmal ist es eben schwierig, das Berufliche und das Private voneinander zu trennen, sagte mein Vater, als meine Eltern darüber sprachen, dass unsere Nachbarn Kommunisten waren. Jedenfalls musste man annehmen, dass sie Kommunisten waren, weil Ho Chi

Minh ein Kommunist war, auch wenn er die beiden Vietnams wieder zusammenbringen wollte.

Ob der Gittel das so sauber trennen kann, beruflich und privat, sagte mein Vater. Manchmal gerät man in Gewissenskonflikte. Besonders in meiner Position. Der Gittel ist natürlich nicht in so einer Vertrauensposition, sagte er, aber ob ich dem Gittel ein Firmengeheimnis anvertrauen würde; da hätte ich doch Bedenken.

Über uns wohnte eine Chemikerfamilie, bei der die Frau schon seit Jahren krank war, und man wusste nicht, was sie hatte, also dachte ich, es hat mit dem Dioxin zu tun, aber vielleicht war sie einfach nur krank. Alle in der Wohnung flüsterten, die Kinder machten tagsüber sauber, und am Abend kochte der Mann das Essen.

Wenn es bei uns laut wurde, wünschte ich mir oft, dass einer von den Nachbarn käme und mal kurz klopfen oder klingeln würde, es kamen aber keine Nachbarn, und meine Mutter lief auch nicht rüber oder hoch oder runter und klingelte, um jemanden zu holen, der mir helfen könnte.

Trotzdem hörte es irgendwann auf.

Ich glaube, es hörte auf, weil es nicht mehr so weitergehen konnte. Vielleicht auch wegen der Karriere.

Wenn es nicht mehr so weitergeht wie bisher, wird die Geschichte eigentlich interessant, weil es nämlich von dem Moment an, wo es wirklich nicht mehr geht, noch eine ganze Weile einfach doch weitergeht. Autopilot.

Jemand, der vom Mond käme und sich das ansehen würde, sähe sofort, dass es nicht mehr weitergeht. Alle Spielarten sind durch, kein Zug mehr drin, Ende, Schluss, Feierabend, Game over.

Dann wird in der Panik noch rasch umgestellt auf Autopilot, und damit fliegt die Kiste noch ein ganzes Stück weiter. Bis der Sprit alle ist oder die Bombe hochgeht oder das Ding gegen eine Wand knallt. Es ist immer wieder erstaunlich, wie lange der Sprit dann noch reicht, obwohl das Ding schon auf Autopilot umgeschaltet ist und man weiß, es kann nicht mehr lange dauern.

Eigentlich war es bei uns zu Hause ganz ähnlich, wie es jetzt überall ist, wo man hinschaut. Es dreht einem zwar den Magen um, aber: Wenn man ganz genau hinschaut, braucht man nicht einmal vom Mond zu kommen, um sehen zu können, dass es nicht mehr so weitergeht wie bisher.

Der Mikrochinese kam nicht vom Mond, auch wenn er auf meinem Globus vom Mondlicht beschienen wurde, als ich ihn zum ersten Mal sah.

*

Du hast ziemlich gut geschlafen, sagte Gianni, als ich schließlich nach dem Besuch bei Monsieur Mounier wieder aufgewacht war.

Lange?, sagte ich.

Knapp zwei Tage. Erst hast du im Auto getrunken, als wärest du am Verdursten, vier Liter Wasser in dreißig Minuten. Das ist eine satte Leistung, und ich hätte nicht gedacht, dass du gleichzeitig vier Liter Wasser trinken und schlafen kannst, aber genau so hat es ausgesehen, und dann hast du zwei Tage durchgeschlafen.

Was ist das eigentlich, Mikrokinesitherapie?, sagte ich.

Gianni hatte im Internet danach gesucht und sagte, wenn du mich fragst: Es klingt äußerst merkwürdig. Scheint aber zu funktionieren.

Ich stand wie immer vorsichtig auf, weil das Aufstehen seit dem Unfall besonders schmerzhaft war, aber jetzt tat mir nichts weh. Auch nicht, wenn ich den Oberkörper nach links und rechts drehte. Auch nicht, wenn ich mich mit gestreckten Knien nach unten beugte und mit den Fingerspitzen die Zehen berührte. Genau genommen konnte ich mit der Hand meine Zehen umfassen.

Gianni sah mir zu und sagte, ich glaube es nicht.

Ich ging in die Küche, setzte mich an den Küchentisch und sagte, wenn du mich fragst: Es hat geholfen.

Heißt das, die Schmerzen sind weg, sagte Gianni.

Sieht so aus, sagte ich.

Gianni holte die Flasche Clairette aus dem Kühlschrank, die noch von Noahs Hochzeit übrig war, und sagte, auf deinen Mikrochinesen.

Ich überlegte, ob ich ihm von meinem Mikrochinesen erzählen sollte, aber ich war viel zu beschäftigt damit, keine Schmerzen mehr zu haben. Es fühlte sich ungewohnt an und beschäftigte mich sehr.

Es erinnerte mich an einen Satz, den mein Vater oft gesagt hatte, aber der Satz fiel mir nicht ein.

Erinnere mich daran, dass ich dir erzähle, wie es war, als ich zum ersten Mal Schnecken gegessen habe, sagte ich.

Gianni hatte mir schon vor Jahren erzählt, wie er zum ersten Mal Schnecken gegessen hatte, in Straßburg, auf einer Klassenfahrt, und damals hatte ich das Weidemanns erwähnt und ihn gefragt, ob er das Restaurant kannte. Er kannte es nicht, und ich ließ die Geschichte dann fallen, weil wir eher über Straßburg und ganz allgemein darüber nachdachten, ob wir nach Frankreich ziehen sollten, und die Geschichte mit dem Weidemanns hatte nichts damit zu tun, ob wir nach Frankreich ziehen sollten oder nicht.

Jedenfalls dachte ich, dass sie nichts damit zu tun hätte. Jetzt war ich mir nicht mehr so sicher.

Dann fiel mir der Satz wieder ein, den mein Vater gesagt hatte: Schön, wenn der Schmerz nachlässt.

*

Bevor es aber überhaupt nicht mehr weitergeht, überschlagen sich sehr häufig die Ereignisse, und niemand merkt etwas.

Das ging damit los, dass der Mikrochinese eines Abends sagte, du solltest mal raus aus diesen vier Wänden. Du solltest dir mal ein bisschen was von der Luft da draußen um die Nase wehen lassen.

Ich sagte, die Luft da draußen riecht nach Chemie und manchmal nach faulen Eiern.

Das stimmte, auch wenn wir natürlich daran gewöhnt waren und sie meistens nicht so stank und so giftig war wie ein paar Jahre vorher, als es die Explosion gegeben hatte und eine Menge Leute in den Schwefelkessel gefallen und umgekommen waren. Aber auch ohne Unfall stinkt die Luft in der Gegend von Chemiewerken und ist giftig.

Du hast eine Intoxikation, sagte der Mikrochinese, und ich sagte, was soll ich haben?

Eine Ver-giif-tung, sagte er.

Er saß inzwischen fast jeden Abend auf meinem Globus. Wenn der Mond nicht schien, konnte ich ihn natürlich nicht sehen, aber er war trotzdem da, und wir unterhielten uns, auch wenn mir oft nicht nach Unterhaltung zumute war. Aber es war schön, dass er da war und ich mich auf ihn verlassen konnte, obwohl er gar nichts Besonderes machte. An diesem Abend hatte er sich die Schneekugel genommen, die Onkel Winkelmann mir zum Abschied im Flüchtlingslager geschenkt hatte und die ich immer auf dem Nachttisch neben meinem Globus stehen hatte. Er schüttelte sie, bis man in der Kugel gar nichts mehr erkennen konnte, und dann sagte er das mit der Luft, die ich mir um die Nase wehen lassen sollte.

Ich dachte daran, wie Onkel Winkelmann die Schneekugel geschüttelt und dann gesagt hatte, sieh einer an, es schneit in Chengdu. Chengdu liegt in China. Oder es schneite in Paris oder in Bagdad, und je nachdem, wo es schneite, erzählte Onkel Winkelmann, wie es dort war, weil er vor dem Krieg überall dort gewesen war, in allen Städten, auf die der Schnee in der Kugel fiel. Im Krieg war er erst in Russland und später in Italien gewesen, in Monte Cassino, und da hatte es ihm gereicht. Es war ihm wahrscheinlich so ähnlich gegangen wie meinem Klarinettenonkel, dem es auch schon den Magen umgedreht hatte, wenn er hinschauen musste. Onkel Winkelmann sagte, du konntest nur noch kotzen und dir vor Angst in die Hose scheißen, und Tante Eka sagte, sag doch nicht solche Wörter vor dem Kind, aber sie streichelte ihm dabei die Hand. Jedenfalls war er abgehauen und zu den Polen übergelaufen, und so war er auch noch nach Sibirien geraten und kam erst lange nach dem Ende des Krieges aus der Gefangenschaft raus und zurück, aber immerhin hatte ihm kein Zirkuspferd das Ohr abgebissen wie meinem Klarinettenonkel.

Ich fuhr morgens zur Schule und nachmittags von der Schule wieder zurück. Zu Hause machte ich Schulaufgaben, und wenn die Zeit noch reichte, bevor mein Vater von der Arbeit kam, spielte ich etwas aus der Flötenschule und manchmal ein Menuett oder eine Fantasie von Georg Philipp Telemann, wenn meine Mutter beim Friseur oder der Kosmetik war. An den anderen Tagen las ich und unterhielt mich mit den Leuten, die ich aus meiner eigenen Welt kannte und die mir von der Welt erzählten, von den Menschen, die woanders lebten, und natürlich waren es sehr oft Indianer. Aber in Indien und China lebten auch Menschen und natürlich in Schweden und an der Elfenbeinküste, und wenn der Nachmittag zu Ende ging, hoffte ich, dass meine Mutter keine Kopfschmerzen von meiner Flöte und meinen Hausaufgaben bekommen hatte und sich nicht am Abend bei meinem Vater darüber beschwerte oder über sonst irgendetwas, was ich tagsüber gemacht hatte oder weil ich keine grünen Bohnen gegessen hatte und überhaupt nicht mehr richtig essen wollte.

Meistens hatte ich nicht aufessen wollen, oder ich lag den ganzen Nachmittag nur auf dem Bett herum und las, oder ich hatte die Schularbeiten nicht ordentlich gemacht und meine Vokabeln nicht richtig gelernt. Meine Mutter kam im Laufe des Tages regelmäßig an den Punkt, an dem sie beschloss, dass es am Abend eine väterliche Hand brauchte, um mit ihrem Kind fertigzuwerden, weil sie irgendwann mit noch so gutem Willen nichts mehr ausrichten konnte, und wenn mein Vater am Abend nach Hause kam, sagte sie, dass jetzt nur noch eine väterliche Hand helfe, und das sagte sie so oft, bis mein Vater mit den Zähnen knirschte und es losging.

Ich versuchte seit Langem, sie möglichst nicht an den Punkt zu bringen, an dem sie beschloss, dass ich eine väterliche Hand brauchte, auch wenn ich es nicht mehr über mich brachte, meinen Teller leer zu essen. Manchmal brachte ich es kaum mehr über mich, überhaupt etwas zu essen, und das alles machte mich ziemlich matt.

Schlapp, sagte der Mikrochinese. Du bist schlapp. Du hängst in der Wäsche wie ein Schluck Wasser.

Ich stellte mir vor, wie ein Schluck Wasser in der Wäsche hängt, und musste lachen, aber der Mikrochinese sagte, du bist so schlapp, du kannst schon gar nicht mehr richtig lachen, und da merkte ich, dass ich genauso lachte wie meine Mutter.

Ich habe meine Mutter nie lachen gehört. Sie tat manchmal so, als ob sie lachte, aber das Lachen kam immer nur aus dem Hals und niemals von unten aus dem Bauch heraus, wo Lachen herkommt. Etwa eine Handbreit über dem Bauchnabel. Da kommt es her, und die beiden einzigen Frauen, die ich je hatte lachen hören, waren Tante Eka und ich selbst. Meine eigene tiefe Stimme, die aus der Zukunft kam und manchmal von innen heraus laut lachen musste, wenn ich ihr etwas erzählt hatte, was sie lustig fand. Ich fand meistens gar nichts Besonderes zum Lachen daran, es war mir nur irgendetwas durch den Kopf gegangen, ich hatte es erzählt, und sie hatte mir zugehört und laut und dunkel aus dem Bauch heraus lachen müssen.

Wenn man nur so tut, als würde man lachen, dann kommt es nicht echt, sondern unangenehm und gequält aus dem Mund heraus, oft klingt es schrill oder nach Blech; der Mund kräuselt sich etwas, aber das restliche Gesicht bewegt sich gar nicht, und vor allem lachen die Augen nicht mit.

Es kränkte mich, als der Mikrochinese auf meinem Globus sagte, du kannst schon gar nicht mehr richtig lachen.

Wenn man nicht mehr richtig lachen kann, muss man anfangen, auf sich aufzupassen.

Ich dachte an den Wind, von dem der Mikrochinese fand, dass ich ihn mir um die Nase wehen lassen sollte.

In Ostende war richtiger Wind gewesen. Überall am Meer ist richtiger Wind, hatte mein Onkel Gaston gesagt, aber ich konnte nicht so einfach nach Ostende fahren. Kinder können nicht sehr viel tun, aber ich dachte, dass der Mikrochinese recht hatte, und dann sprachen wir noch eine ganze Weile miteinander, bis ich einschlief.

*

Gianni und ich tranken die Clairette, ich war ganz ergriffen davon, wie es sich anfühlt, keine Schmerzen zu haben, und am liebsten hätte ich Gianni auf der Stelle davon erzählt, wie ich zum ersten Mal Schnecken gegessen habe.

Nach meinem Besuch bei Patrice Mounier schien es mir nicht mehr so wichtig, ob die Geschichte mit den Schnecken vor der Geschichte mit Doktor Blauert passiert war oder ob die Reihenfolge anders war, weil alles in meinem Kopf nicht mehr nacheinander sortiert war, sondern alles war gleichzeitig da. Aber tatsächlich weiß ich, dass zuerst die Geschichte mit Doktor Blauert passiert war, und danach kamen die Schnecken.

Ohne die Geschichte mit Doktor Blauert ist die Geschichte mit den Schnecken kaum denkbar und nicht richtig zu verstehen.

Allerdings ist die Geschichte mit Doktor Blauert so

ein Fall, über den ich schon sehr, sehr lange nachdenke, und immer wenn ich sie erzählen will, merke ich, dass ich sie noch immer nicht erzählen kann, obwohl ich seit Jahrzehnten geübt habe, Geschichten darüber zu erzählen, was einem so alles passieren kann, und inzwischen bin ich auch schon recht furchtlos darin geworden. Bei der Geschichte mit Doktor Blauert hat es mir im Übrigen gar nicht so sehr den Magen umgedreht, einfach weil sie mir selbst passiert ist. Aber sie ist komischerweise schwer zu erzählen, und ich dachte, sie würde Gianni mit Sicherheit den Magen umdrehen.

Hilft nichts.

Du wirst das erzählen, hat der Mikrochinese gesagt.

Sie haben es mir erzählt, hat Patrice Mounier gesagt.

Wir fliegen bereits auf Autopilot, und es ist nur noch eine Frage von sehr kurzer Zeit, bis das Ding explodiert oder abstürzt.

Also gut, sage ich zu Gianni, ich erzähl's.

Gianni sagt, nur Mut.

Ich trinke einen Schluck Clairette und sage, du kennst ja meine Mutter.

Gianni sagt nichts. Meine Mutter wohnt über tausend Kilometer entfernt, und manchmal telefoniere ich mit ihr, aber eher selten, weil das jedes Mal danebengeht. Das mit meinem Unfall und den Rühreiern ist schon Jahre her, auch wenn es noch immer nicht vorbei ist.

Ich sage, irgendwann geht also meine Mutter mit ihrem Kind zum Frauenarzt.

Gianni sagt, wie alt warst du.

Zehn oder elf, ich weiß es nicht so genau. Geht also mit ihrer Tochter zum Frauenarzt und sagt zu Herrn Doktor Blauert, dass ihre Tochter jetzt ihre Tage bekommen hat.

Kanntest du den Arzt, sagt Gianni.

Natürlich nicht, sage ich, was hat ein Kind beim Gynäkologen verloren. Vielleicht Ende vierzig, graue Haare jedenfalls, große Praxis in der Nähe der Fabrik, meine Mutter ging schon jahrelang hin. Und jetzt hat also ihre Tochter ihre Tage bekommen.

Doktor Blauert sagt, das sei etwas früh, aber das komme schon mal vor in dem Alter.

Meine Mutter sagt, ob er das Kind bitte untersuchen könne.

Er sagt, dass er so junge Mädchen nicht untersuche. Außer natürlich, es gebe dafür einen Grund.

Gianni sagt, das klingt gar nicht gut.

Ich sage, wart's ab.

Meine Mutter sagt, das Kind mache ihr Sorgen, es sei immer durcheinander, und in letzter Zeit würde es auch nicht ordentlich essen. Appetitlosigkeit, sagt sie.

Doktor Blauert sagt, das tue ihm leid, aber er sei für

Frauenleiden zuständig, Eierstöcke, Gebärmutter und solche Sachen; und wegen der Appetitlosigkeit solle sie sich an den Hausarzt wenden, der würde ein Blutbild machen. Wegen des Durcheinanderseins möglicherweise auch, ansonsten an einen Psychiater.

Tja, sehen Sie, deswegen bin ich zu Ihnen gekommen, Herr Doktor, sagt meine Mutter. Meine Mutter sagte manchmal »deswegen«, damit der andere denken sollte, sie hätte ihm zugehört und würde direkt auf das antworten, was er eben gesagt hatte, dabei sagte sie dann etwas vollkommen anderes. Das ist so eine Methode, mit der sie einen durcheinanderbringen kann, wenn man nicht ganz genau zuhört. Doktor Blauert hat natürlich nicht genau zugehört

Deswegen bin ich zu Ihnen gekommen, sagt meine Mutter also, die Periode kommt nämlich nicht regelmäßig, wie sie kommen sollte, alle achtundzwanzig Tage.

Der Arzt wendet sich zu mir und sagt, in welchem Abstand hast du denn deine Periode?

Ich sage, das ist erst zweimal passiert.

Und kannst du dich erinnern, wann das passiert ist?, sagt der Arzt.

Bevor ich sagen kann, dass ich es nicht genau weiß, sagt meine Mutter wie aus der Pistole geschossen und mit vorwurfsvoller Stimme, es waren zweiunddreißig Tage, Herr Doktor.

Gianni sagt, woher wusste sie das so genau, und ich sage, sie war die Herrin über Küche und Badezimmer, und die Waschmaschine stand im Bad.

Sehen Sie, Herr Doktor, sagt meine Mutter. Zweiunddreißig Tage. Da macht man sich als Mutter doch Sorgen.

Gianni trinkt einen Schluck Clairette. Draußen fängt es an, dunkel zu werden. Wir sind durch den Besuch bei Monsieur Mounier etwas aus dem Rhythmus geraten. Ich sage, wollen wir Nachrichten sehen?

Normalerweise versuchen wir, uns zu den Nachrichten zu überwinden, nur um in etwa den Überblick darüber zu haben, wie sie im Fernsehen versuchen, den Leuten, die sich das anschauen, das Gefühl zu geben, dass noch jemand im Cockpit sitzt, der auf sie aufpasst, wenn die Lage ernst ist in Europa und der Welt. Nicht so ernst natürlich, dass wir uns Sorgen machen müssen, nur drehen gerade alle anderen durch und am Rad, wir sind der einzige ruhende Pol inmitten lauter Verrückter, aber natürlich hängen wir mit drin.

Deswegen müssen wir Verantwortung übernehmen.

Einstweilen hat Ihr Kühlschrank die Verantwortung übernommen, er weiß, was Ihnen fehlt, also kann Ihnen nichts passieren.

Keine Nachrichten heute, Gianni winkt ab und sagt, sie hat auch nichts ausgelassen, deine Mutter.

Nein, sage ich, hat sie nicht.

Doktor Blauert sagt also, dass zweiunddreißig Tage kein Grund seien, sich Sorgen zu machen, das müsse sich alles erst einpendeln, und das Kind sei sowieso noch recht jung, eine gynäkologische Untersuchung in dem Alter halte er nicht für nötig.

Ja, sehen Sie, sagt meine Mutter, das ist es ja gerade. Das Kind ist noch viel zu jung.

Wofür, sagt Doktor Blauert.

Meine Mutter schaut Herrn Doktor Blauert tief in die Augen und sagt, Sie wissen schon, Herr Doktor. Das Kind ist noch viel zu jung dafür.

Herr Doktor Blauert weiß nicht, wofür das Kind noch zu jung ist, außer natürlich für eine gynäkologische Untersuchung, aber er fragt nicht, was meine Mutter gemeint hat, sondern tut so, als hätte er nicht gehört, was sie gesagt hat. Deshalb schaut er auf seinen Rezeptblock oder Notizblock oder Terminkalender hinunter, was immer er da vor sich auf dem Schreibtisch liegen hat.

Meine Mutter hilft nach: So ein Kind kann leicht auf die schiefe Bahn geraten.

Herr Doktor Blauert schaut von seinem Schreibtisch wieder hoch und meine Mutter an.

Nanana, sagt er, mal nicht gleich …

Dann guckt er sich das kleine Mädchen an und überlegt, ob es schon in dem Alter für die schiefe Bahn ist. Das erscheint ihm wenig wahrscheinlich.

Meine Mutter gibt nicht auf.

Sie hat gehört, dass es inzwischen eine Minipille geben soll, gewissermaßen für die kleinen Patientinnen. Falls die auf die schiefe Bahn geraten. Sie müssen wissen, Herr Doktor, dazu könnte das Kind veranlagt sein. Zur schiefen Bahn, meine ich. Das könnte sie von der Großmutter haben. Das Erbgut soll doch gelegentlich eine Generation überspringen, und in der übernächsten schlägt es dann wieder durch. Solche Dinge sind doch vererbt.

Der Arzt zögert noch und überlegt, ob er jetzt aufstehen und seinen Ficus gießen soll. Er will das nicht so genau wissen, mit der schiefen Bahn meiner Vorfahren. Vor zwanzig Jahren war hier der Krieg. Hier und überall, wo wir ihn hingebracht haben, und wenn das wieder durchschlagen soll, in der übernächsten Generation, mein Gott, daran möchte Herr Doktor Blauert nicht denken. Aber das ist immerhin noch ein Weilchen hin, wir sind in den Sechzigerjahren. Meine Mutter stoppt ihre Überlegungen zur Vererbungslehre und der schiefen Bahn, als sie sieht, wie der Arzt zögert, aber er steht nicht auf, um seinen Ficus zu gießen. Um den Ficus kümmert sich seine Sprechstundenhilfe, und eine doppelte Dosis ist nicht nur für den Ficus schädlich, das weiß der Arzt. Mehr ist nicht unbedingt besser. Im Gegenteil.

Meine Mutter wird energisch. Sie schlägt einen Haken, wechselt das Thema und die Richtung und erzählt, dass das Kind morgens immer allein zur Straßenbahnhaltestelle geht. Und abends wieder zurück.

Doktor Blauert wird ungeduldig. Seine Kinder haben vermutlich auch einen Schulweg, und draußen warten Patientinnen.

Meine Mutter lässt sich von seiner Ungeduld nicht beirren.

Und natürlich muss meine Tochter immer ausgerechnet den Weg durch den Wald nehmen, sagt meine Mutter also. Was soll ich machen, Herr Doktor, ich kann ihr hundertmal sagen, Kind, geh nicht am Waldrand entlang zur Haltestelle – Sie müssen wissen, Herr Doktor, das ist die Endstation, ganz einsam und abgelegen, direkt am Waldrand. Ich sage also, nimm die Hauptstraße durch den Ort, Kind, auch wenn es ein paar Minuten länger dauert. Im Ort sind Menschen, da können dich alle sehen, im Wald bist du unbeobachtet, und dann all die fremden Männer, was man so liest. Letztens hat in der Zeitung gestanden, na, Sie wissen schon, Herr Doktor. Es kann einem angst und bange werden, wenn man die Zeitung liest.

Gianni sagt, wo sie recht hat, hat sie recht, aber ich

sage, unterbrich mich jetzt nicht, sonst kriegst du die Sache hinterher nicht zusammen.

Wir sind beim Waldrand: Ich überlege, ob ich dem Arzt sagen soll, dass ich nie durch den Wald gehe, weil dort immer Leute mit ihren Hunden spazieren gehen, und ich habe schreckliche Angst vor Hunden. Ich könnte auch zu meiner Mutter sagen, du weißt doch, dass ich nie den Weg am Waldrand nehme. Meine Mutter weiß, dass ich Angst vor Hunden habe, ich könnte sie daran erinnern. Aber ich sage nichts, weil wir beim Arzt sind und meine Mutter mit dem Arzt ein Gespräch zwischen Erwachsenen führt und weil man als Kind nicht dazwischenredet, wenn sich Erwachsene unterhalten. Ich lese noch nicht die Zeitung, also weiß ich nicht, wovon sie spricht, und habe mich rauszuhalten.

Kinder haben sich rauszuhalten, sagt Gianni.

Gute Erziehung, sage ich.

Sonst droht die schiefe Bahn, sagt Gianni.

Der Arzt kapituliert. Er sagt, dass die Minipille auch eingesetzt werden könnte, um den Zyklus zu regulieren.

Ich weiß nicht, was der Zyklus ist.

Während er das Rezept ausstellt, fragt meine Mutter noch schnell, ob es die Minipille auch von den Farbwerken gibt, aber Doktor Blauert sagt, leider nein, er würde mir die von Schering verschreiben.

Meine Mutter sagt, das sei schon recht, weil die Farbwerke Schering sowieso demnächst kaufen würden, und damit bleibe es ja gewissermaßen in der Familie.

Die Farbwerke haben Schering dann doch nicht gekauft, dafür haben sie Roussell gekauft, weil sie ihr Geld ins Ausland bringen wollten. Aber als ich die Minipille verschrieben bekam, sah es noch ganz danach aus, als ob sie Schering kaufen und ihr Geld im Lande lassen würden, jedenfalls redeten alle davon. Mein Vater erzählte es auch und musste manchmal wegen Schering nach Berlin. Manchmal auch zu Boehringer nach Ingelheim, und wenn er in Ingelheim war, machte er meistens noch einen Abstecher nach Bonn ins Gesundheitsministerium und zur Kartellbehörde, weil er denen vom Ministerium und im Kartellamt auf die Sprünge helfen musste. Im Ministerium und im Kartellamt saßen eine Menge Idioten, jedenfalls sagte mein Vater das, weil man schon ein Idiot sein musste, um in die Politik zu gehen und auf seinem Beamtengehalt BAT zu versauern. Wer auch nur ein bisschen weiterdenken konnte als bis zum Behördensessel und BAT, ging natürlich dorthin, wo der Rubel rollte und die Gehälter stimmten. Also gingen alle, die ein bisschen Grips und Verstand zusammenkriegten, in die Industrie, wo der Rubel rollte und demnächst ins Ausland exportiert werden müsste, weil die Farbwerke gerade wegen ihrer Insulingewinne vor Rubeln und Kraft kaum laufen konnten.

Mein Vater glaubte nicht, dass die Farbwerke Schering kaufen würden.

Der Winnacker wäre schön dumm, wenn er Schering kaufen würde, sagte er. Die Firma solle ihr Kapital lieber exportieren, und es würde ihn doch sehr wundern, wenn der Winnacker das nicht selber wüsste, aber es sehe im Augenblick ganz danach aus, als ob wir Schering kaufen würden. Jedenfalls schrieb Doktor Blauert meiner Mutter für ihre Tochter ein Rezept für die Pille von Schering aus, und die Farbwerke kauften Roussell.

Gianni sagt, sind eigentlich immer alle auf deine Mutter reingefallen?

Ich sage, ich glaube, wir sollten jetzt mal was essen. Es ist schon ganz dunkel geworden.

Meine Mutter hatte zu der Zeit einen Fiat, der recht alt und ziemlich durchgerostet war und den sie eigentlich längst hätte abschaffen müssen, weil er nicht zu der neuen Stellung meines Vaters passte. Aber sie hatte ihn noch, weil sie nicht verstanden hatte, was es bedeutet, dass der Rubel rollte. Sie wollte das Geld lieber sparen, und sie hatte sich noch nicht entschlossen, was für einen Zweitwagen sie wollte, auch wenn mein Vater sie deshalb drängte.

Wie sieht das denn in der Firma aus, sagte er, wenn die Frau vom Chef einen alten klapprigen Fiat fährt, bei dem der Auspuff röhrt und die Achse nur noch durch guten Willen zusammengehalten wird.

Als wir in diesem Fiat saßen und von Doktor Blauert nach Hause fuhren, hörte ich meine eigene Stimme aus der Zukunft. Der Fiat röhrte natürlich wie immer, aber trotzdem hörte ich meine Stimme so laut und deutlich, dass ich dachte, die Frau, die zu der Stimme gehörte, säße hinter uns im Auto auf dem Rücksitz, und meine Mutter müsste sie auch hören, trotz der Auspuffgeräusche. Aber meine Mutter hörte sie nicht, und als ich mich umdrehte, saß natürlich niemand hinter uns im Auto, nur meine Mutter und ich saßen auf den Vordersitzen, aber die Stimme war hinter mir. Sie war ganz sicher da.

So, sagte sie, und an dieser Stelle ist Schluss, Karline.

Ich sagte nichts.

Die Stimme sagte, das erzählst du alles dem Mikrochinesen. Und diese Pille nimmst du nicht, hörst du? Und von jetzt an auch sonst keine Tabletten. Überhaupt keine mehr. Hast du mich verstanden?

Ich wunderte mich über diesen harten Satz. Es war der Satz meines Vaters.

Hast du mich verstanden, sagte mein Vater immer.

Das bleibt unter uns, sagte er. Hörst du, das bleibt

in diesen vier Wänden. Kein Sterbenswörtchen zu irgendjemandem davon. Auch nicht zu deiner Mutter.

Wenn ich dann nicht antwortete, sagte er, hast du mich verstanden. Manchmal sagte er auch, haben wir uns verstanden, und das war keine Frage. Es war ihm nicht wichtig, ob wir uns verstanden.

Meine dunkle Stimme im Auto klang auch hart, als sie mich vom Rücksitz aus fragte, ob ich sie verstanden hätte, aber sie wollte wirklich wissen, ob ich sie verstanden hatte.

Ich dachte, wenn ich keine Medizin mehr nehme, komme ich in die Klapse.

Keine Angst, sagte meine Stimme, als ob sie meinen Gedanken erraten hätte. Keine Angst, Karline, wir kommen da durch. Wir passen auf uns auf.

*

Bevor ich Gianni jetzt erzählte, wie ich das erste Mal Schnecken gegessen habe, machte ich etwas, was ich noch nie gemacht habe.

Ich erklärte ihm, wie ich den Besuch bei Doktor Blauert verstehe.

Es ist ungehörig, jemandem, dem man gerade eine Geschichte erzählt hat, diese Geschichte gleich auch noch zu erklären, aber ich habe sehr lange gebraucht, bis ich selbst sie verstanden habe, und ich bin immer noch nicht ganz sicher, ob ich sie richtig verstehe, also nehme ich an, dass das gar nicht so einfach ist. Natürlich ist es mir schwerer gefallen, die Geschichte zu verstehen als Gianni, auch wenn es mir nicht so den Magen umgedreht hat, weil es einem nie so den Magen umdreht, wenn es einem selber passiert. Aber vor allem ist es mir deswegen schwerer gefallen, weil ich ein Kind war und dachte, dass ich noch zu klein sei, um selbst auf mich aufzupassen, während wir inzwischen ja alle erwachsen sind und wissen, dass wir das Stoppschild längst überfahren haben und dass die Bienchen und Fischlein genau wie die Gletscher auf den Alpengipfeln in die Fotobände von Onkel Winkelmann gehören. Die Gipfel sind abgeschmolzen. Chengdu ist nicht mehr wiederzuerkennen. In Paris herrscht der Ausnahmezustand, und in Bagdad? Wie mag es in Bagdad aussehen? Der gefährlichsten Hauptstadt der Welt? Der Ausnahmezustand ist Normalität. Stacheldraht, Bomben, Ruinen. Da können wir die Schneekugel lange schütteln.

Das, was ich an dem Nachmittag bei Doktor Blauert erlebt habe, ist gar nichts dagegen. Eigentlich nicht der Rede wert. Nur ist es so seltsam und zugleich so alltäglich und gegenwärtig, dass ich finde, wir sollten ganz genau hinschauen und uns darüber verständigen, was das für eine Geschichte war, auch wenn es Ihnen den

Magen umdreht und Gianni auch den Magen umgedreht hat, als bei ihm der Groschen gefallen war.

Übrigens habe ich meine Mutter später oft danach gefragt, wenn wir am Telefon sprachen, aber sie sagte, dass ich die Vergangenheit ruhen lassen solle. Wenn ich ihr sagte, dass die Vergangenheit keine Ruhe gebe, sagte sie, dass sie sich nicht an jeden Arztbesuch einzeln erinnern könne. Als sie alt wurde, sagte sie, du weißt doch, ich bin inzwischen etwas vergesslich geworden. Nie weiß ich, wohin ich meine Brille verlegt habe, und bei Namen ist es noch schlimmer, du kannst dir nicht vorstellen, was mir letztens passiert ist. Bin ich doch der Dingrichs begegnet, du weißt schon, der Dingrichs, wie heißt sie noch gleich.

Wenn sie mit der Dingrichs anfing und sagte, du kannst dir nicht vorstellen, was mir letztens passiert ist, wurde ich meistens wütend, weil ich über keine Dingrichs sprechen wollte, sondern über die Geschichte mit Doktor Blauert und der Minipille. Aber an die konnte sie sich auch nicht erinnern, weil das die Vergangenheit war, die ich ruhen lassen sollte, und wenn die Vergangenheit mich nicht in Ruhe lassen würde, sollte ich zum Arzt und mir was verschreiben lassen, damit ich endlich Ruhe fände. Du bist überspannt, sagte sie, wenn ich sie anschrie, du bist einfach überspannt, du solltest zum Doktor gehen.

Sie sagte nicht mehr, dass ich in die Klapse gehörte, weil sie wusste, dass sie es dann mit Gianni zu tun bekäme. Giannis Mutter hat einen großen Teil ihres Lebens in der Klapse zugebracht, obwohl sie kein bisschen verrückt war. Genauso wenig wie ich. Gianni war froh, dass mir das nicht auch passiert war, und wollte nicht, dass meine Mutter immer wieder damit anfängt. Sie hat es deswegen ganz zu Anfang, als ich Gianni noch nicht lange kannte, zwei- oder dreimal ziemlich mit ihm zu tun bekommen, und seitdem traute sie sich nicht mehr, von der Klapse zu sprechen, weil sie Angst vor Gianni hat. Überhaupt vor Männern, dabei hat mein Vater ihr nie irgendwas getan. Außer natürlich in den Jahren, als sie versucht haben, sich gegenseitig fertigzumachen und zu erledigen, aber das war nur mit Wörtern, zugeschlagen hat er nicht. Jedenfalls hat sie Angst vor allen Männern, sogar vor Gianni, keine Ahnung, warum, und wenn ich mit ihr telefonierte, sagte sie nichts mehr von der Klapse. Sie sagte nur, du bist vollkommen überspannt, aber ich verstand natürlich, dass sie die Klapse meinte, und wurde immer noch wütender, obwohl sie schon alt war und ich dachte, dass das alles lange her war und sie womöglich nicht mehr derselbe Mensch war wie damals. Aber gleichzeitig wusste ich, dass es gar nicht lange her war und nicht vergangen, oder denken Sie, die Sache mit dem Dioxin in Vietnam sei vorbei, achtzig Millionen Tonnen Dioxin übers Land gesprüht, das soll vorbei sein? Bloß weil wir nicht hinschauen und die Kinder nicht sehen, die in Vietnam geboren werden? Das ist gerade mal drei Generationen her, und es dreht einem den Magen um, die entstellten Kinder zu sehen. Und natürlich war meine Mutter, als sie alt wurde, noch derselbe Mensch, sonst hätte sie mir die Geschichte erzählt und erklärt, und ich hätte herausgefunden, was sie sich dabei gedacht hatte, als sie mit mir zu Doktor Blauert gegangen war. So ging das am Telefon meistens eine Weile hin und her, bis sie zur Dingrichs kam und eine von uns beiden den Hörer aufknallte oder später, als es keine Hörer zum Aufknallen mehr gab, auf den Knopf drückte und sich aus dem Gespräch hinauskatapultierte.

Eigentlich ist es schade, dass es keine Telefonhörer mehr gibt, die man aufknallen kann, finden Sie nicht?

Danach war man meistens erleichtert, und wenn man jetzt nur auf den Knopf drücken und gar nichts aufknallen kann, ist es keine Erleichterung. Jedenfalls endete es immer so, wenn ich mit meiner Mutter telefonierte, obwohl ich sie natürlich nicht jedes Mal nach der Geschichte mit Doktor Blauert und der Minipille fragte, sondern nur ganz selten. Aber im Grunde endete jedes Gespräch so, dass sie sich an irgendetwas nicht erinnerte, was sie oder ich oder jemand anderes mal gesagt hatte. Und dann sagte sie, dass es nicht der

Rede wert und nicht so wichtig gewesen sei, und ich fand es doch wichtig, weil ich alles der Rede wert finde und die Welt vorne und hinten und oben und unten immer noch weitergeht, anstatt nur hier und jetzt zu sein. Sie geht noch viel weiter als bis zur Dingrichs-mir-fällt-gerade-der-Name-nicht-ein. Wenn ich also sagte, dass es durchaus der Rede wert sei, sagte sie, du solltest in die Zukunft schauen, du bist überarbeitet und überspannt. Dann wusste ich, dass ich jetzt gleich den Hörer aufknallen oder auf den Knopf drücken sollte, um mich aus dem Gespräch hinauszukatapultieren, bevor ich in Rage kam.

Also brachen alle Gespräche ab, weil sie sich nicht erinnern konnte und weil man ohne Erinnern nicht in die Zukunft schauen kann und weil ich nicht glaube, dass alle Leute ab siebzig Alzheimer haben.

Meistens legte ich auf, und wenn ich es nicht rechtzeitig machte, legte sie auf und ging anschließend gleich zum Arzt, weil sie Herzbeschwerden hatte. Jedenfalls war das meistens das Letzte, was sie sagte, bevor sie auflegte, und natürlich wollte ich nicht, dass meine Mutter jedes Mal Herzbeschwerden bekam, wenn sie mit mir sprach.

So kam es, dass ich oft jahrelang nicht mit ihr telefonierte und sehr froh war, dass wir so weit voneinander entfernt lebten. Vielleicht lebten wir deshalb so weit voneinander entfernt, weil meine Mutter einmal mit ihrem Enkelkind an einen Punkt kam, an dem sie sagte, dass nur noch die väterliche Hand helfe. Noah war nicht sehr oft bei seiner Oma, aber doch manchmal, und meistens holte ich ihn abends ab. An dem Abend hat Gianni ihn abgeholt und mir erzählt, dass Noah irgendetwas gemacht hatte, aber er, Gianni, habe nicht ganz verstanden, was. Jedenfalls habe meine Mutter, als er kam, um Noah abzuholen, gesagt, dass Noah ungezogen gewesen sei und es jetzt eine väterliche Hand brauche.

Und?, hatte ich gesagt.

Gianni sagte, dann ist sie in die Küche gegangen, hat die Tür zugemacht und das Radio laut laufen lassen.

Gianni hatte Noah hochgenommen, und die beiden waren in die Küche gegangen, um sich von ihr zu verabschieden. Danach fing ich an, darüber nachzudenken, dass die Welt nach oben und unten noch weitergeht, und schließlich haben Gianni und ich gemeinsam darüber nachgedacht. Gianni hatte in Straßburg auf einer Klassenfahrt einmal Schnecken gegessen, und nachdem wir eine Weile darüber nachgedacht hatten, sind wir mit Noah nach Frankreich gezogen.

Gianni brauchte ich die Geschichte mit Doktor Blauert und der Minipille nicht sehr lange zu erklären, nur mir selbst musste ich sie erklären, weil ich sie immer noch nicht verstand.

Schon gleich nach dem Besuch bei Doktor Blauert, als ich im Fiat neben meiner Mutter saß, kam es mir so vor, als ob etwas daran nicht stimmte. Es hatte mit meinem Schulweg und dem Waldrand zu tun. Ich nahm nie den Weg am Waldrand, weil sie es mir verboten hatte, und selbst wenn sie es mir nicht verboten hätte, hätte ich ihn schon wegen der Hunde nicht genommen, und meine Mutter wusste das auch ganz genau. Jedenfalls dachte ich, dass sie es wissen müsste, weil ich, als wir noch nicht in der Neubausiedlung gewohnt hatten, einmal von einem Hund ins Gesicht gebissen worden war und furchtbar geblutet hatte. Als ich mit der Wunde nach Hause kam, klebte mir meine Mutter ein Pflaster auf die Backe und sagte, dass es gar nicht wehtun würde. Aber es tat weh, und seitdem hatte ich Angst vor Hunden und wäre niemals am Waldrand entlanggegangen, wo die Leute mit den Hunden gingen und die Hunde mich jederzeit beißen konnten.

Ich verstand nicht, warum meine Mutter dem Arzt gesagt hatte, dass ich den Weg am Waldrand nähme.

Wenn sie aber vielleicht wirklich nicht gewusst oder sich nicht daran erinnert hätte, dass ich Angst vor Hunden hatte, dann fing die Geschichte mit Doktor Blauert und der Minipille an, etwas kompliziert zu werden, weil ich natürlich keine Ahnung hatte, was meine

Mutter über Männer an Waldrändern in der Zeitung gelesen hatte. Also wusste ich auch nicht, wovon ihr angst und bange geworden war.

Es dauerte bis zu meinem zwölften Geburtstag und dann noch ein paar Wochen, bis ich verstand, was meine Mutter zu Doktor Blauert gesagt hatte.

In der Zeit, als ich es verstand, war bei uns schließlich alles zusammengekracht, weil nichts mehr weiterging und die Kiste nicht ewig auf Autopilot weiterfliegt, irgendwann ist der Sprit dann alle.

Manchmal taten sie noch so, als würde es weitergehen, aber die Sache war durch. Ende der Fahnenstange. Game over.

Mir machte das nicht sehr viel aus, weil meine Eltern mit sich beschäftigt waren. Dadurch war ich aus der Schusslinie, und das hatte Vorteile. Mein Vater pfiff nicht mehr, wenn er zu Hause war, und ich musste kein Püppchen und Augenstern mehr sein.

Manchmal ging er abends, wenn er die Zeitung gelesen hatte, noch mal ins Bad und rasierte sich, obwohl er sich am Morgen schon rasiert hatte. Wenn er aus dem Bad kam, duftete er nach Rasierwasser, zog sich neue Sachen an, nahm die Autoschlüssel, und bevor er ging und die Wohnungstür hinter sich zumachte, pfiff er *Reich mir die Hand, mein Leben, komm auf mein Schloss mit mir.*

Ich kann nicht pfeifen, aber Gianni pfeift sehr oft,

wenn er bei der Arbeit ist, und in den vielen Jahren mit Gianni habe ich gemerkt, dass er selbst überhaupt nicht merkt, wenn er anfängt zu pfeifen, und vor allem weiß er anschließend nicht, dass er und was er gepfiffen hat. Manchmal pfeift er etwas aus *My Fair Lady*, gleich hinterher etwas aus einer Operette und anschließend Edith Piaf oder Elvis Presley. Er sucht sich die Melodien nicht aus, sie sind einfach in ihm drin und kommen raus, sobald er etwas Kniffliges bei der Arbeit zu erledigen hat, und er weiß gar nicht, dass er dann anfängt zu pfeifen.

Manchmal sage ich ihm später, dass er die Christel von der Post wohl nie vergessen wird. Er lacht und sagt, das habe ich gar nicht mitbekommen, und schenkt man sich immer noch Rosen in Tirol? Dann sage ich ihm, dass man sich in Tirol noch Rosen schenkt und welche Lieder er sonst noch gepfiffen hat. Gianni hat ein gewaltiges Repertoire, und die Melodien sind alle auf einmal da.

So war das vielleicht bei meinem Vater auch, jedenfalls pfiff er nur noch selten, wenn er am Abend zu Hause war, und vielleicht merkte er gar nicht, dass er doch noch manchmal pfiff, aber so war es. Er pfiff immer dann, wenn er sich rasiert, parfümiert und umgezogen hatte und noch mal wegging. Er nahm den Autoschlüssel, pfiff los, und wenn er die Tür hinter sich zugemacht hatte, pfiff er im Treppenhaus weiter, und ich hörte ihn das ganze Treppenhaus hinunter pfeifen, bis unten die Haustür ins Schloss gegangen war. *Reich mir die Hand, mein Leben, komm auf mein Schloss mit mir.*

Meine Mutter hörte es natürlich auch, und es machte ihr nichts aus, solange er es in der Wohnung pfiff.

Mir machte es etwas aus, weil das nicht Gutes für mich bedeutete.

Meine Mutter hatte meistens einen Elternabend vor sich und war sowieso auf dem Sprung oder schon losgefahren, oder sie musste zu ihrem Sonntagsbraten in die Küche und machte die Küchentür zu, um Radio hören zu können.

Doch wenn mein Vater im Treppenhaus pfiff, geriet sie außer sich und sagte, dass sie ihn umbringen könnte.

Ich hatte zu meinem zwölften Geburtstag keine Querflöte bekommen, obwohl ich mir eine Querflöte gewünscht hatte.

Als ich zwölf wurde, wusste ich schon, dass ich meistens nicht das bekam, was ich mir wünschte, also war ich darauf vorbereitet. Trotzdem machte es mir etwas aus.

Dafür hatte ich eine Gitarre bekommen und sollte Gitarre spielen.

Flöten und Gitarren sind ziemlich verschiedene Instrumente. Man kann nicht Gitarre spielen, bloß weil man Flöte spielen kann.

Flöte konnte ich und hätte lieber weiter Flöte gespielt, aber damit war jetzt Schluss, also spielte ich gar nichts mehr.

In Wirklichkeit interessierte es niemanden mehr, ob ich Gitarre lernte, grüne Bohnen aß, meine Schulaufgaben machte und ordentlich die Tabletten nahm, die meine Mutter mir neben den Teller legte, ganz egal, ob sie von Hoechst oder Bayer oder von Schering waren. Und so fing ich an zu singen, weil ich sonst wahrscheinlich krank geworden wäre.

Wenn man daran gewöhnt ist und plötzlich aufhört, Musik zu machen, fehlen einem die Melodien mehr, als man denkt.

Bei uns lief überhaupt keine Musik mehr, weil Musik nicht dazu passt, wenn zwei Menschen zusammen in einer Wohnung leben und nur noch versuchen, sich fertigzumachen, auch wenn es eine Vierzimmerwohnung ist und sie sich aus dem Weg gehen könnten, nur gingen sie sich nicht aus dem Weg, weil sie sich andauernd fertigmachten. Ich weiß nicht, worum es ging, und es ist wahrscheinlich nicht wichtig, worum es ging, weil es nie wichtig ist, worum es geht, wenn zwei sich fertigmachen. Erdöl, Uran, Seltene Erden, Geld und noch mal Geld; das Einzige, was wichtig ist, ist der Krieg selbst und dass mindestens einer hinterher nicht mehr auf seinen beiden Beinen steht und der andere anschließend in Ruhe den nächsten Krieg vorbereiten kann.

Jedes Kind kann Ihnen sagen, dass die Menschen demnächst zum Glück vernünftig werden, weil sonst die eine Hälfte umgebracht worden und die andere Hälfte verhungert ist, wenn nicht vorher einer die Lunte anzündet, und dann geht gleich alles auf einmal in die Luft, und Karthago ist auf keiner Weltkarte mehr zu finden.

Es war also nicht so wichtig, worum es ging, aber ich schaute hin, so gut es ging, um zu sehen, was mir den Magen umdrehte.

In groben Zügen ging es, glaube ich, schon seit Längerem darum, dass mein Vater über seine Zukunft und seine Karriere nachdachte.

Wahrscheinlich auch über Gaston.

Sie sprachen nicht mehr darüber, jedenfalls nicht über Gaston, aber ich denke, dass es so gewesen sein muss, und mein Vater dachte sicher über seine Karriere nach. Er selbst hatte gesagt, dass er nicht wüsste, ob er dem Gittel ein Firmengeheimnis anvertrauen würde, wenn von den Gittels drüben immer Ho Ho Ho Chi Minh zu uns herüberschallte.

Der traut sich was, der Gittel, sagte mein Vater. Das kann ihn die Karriere kosten.

Von uns schallte auch gelegentlich einiges zu den

Gittels hinüber, und ich nehme an, mein Vater merkte, dass es für seine Karriere günstiger wäre, wenn nichts mehr zu ihnen hinüberschallen würde.

Vielleicht hatte er sich nicht unbedingt gefragt, ob der Gittel ihm ein Firmengeheimnis anvertrauen würde, weil der Gittel gar nicht in der Position gewesen war, ihm ein Geheimnis anzuvertrauen; der Gittel stand auf der Leiter ein paar Sprossen unter meinem Vater und hatte ihm gar nichts zu sagen, aber obwohl alle, die bei den Farbwerken angestellt waren, sich wie in einer Familie fühlten, sagte mein Vater, dem Gittel ist nicht über den Weg zu trauen, mit dem sollte man unbedingt vorsichtig sein. Ab einer bestimmten Sprosse auf der Leiter hat im Grunde jeder jeden in der Hand.

Ganz sicher wusste mein Vater aber eines: Wenn er sich scheiden ließe, wäre für ihn an dieser Stelle Schluss mit seiner Karriere, weil alle, die in der Firma wirklich nach oben wollten, verheiratet sein und mindestens ein Kind vorweisen mussten. Besser wären zwei gewesen, aber das könnte er durch seine Leistungen ausgleichen, hatte mein Vater gesagt, als es zwischen meinen Eltern mit dem Fertigmachen anfing.

Das war leichtsinnig, und er hatte es nur gesagt, weil er dachte, dass meine Mutter sich scheiden lassen wollte, und als er merkte, dass er sich da geirrt hatte, war es schon zu spät, und er hatte den taktischen Fehler schon gemacht. Denn tatsächlich war es so, dass meine Mutter sich keinesfalls von ihm scheiden lassen wollte, weder während seiner Karriere noch anschließend, wenn er es bis nach oben geschafft hätte.

Das hätte er wissen können, aber er hatte offenbar nicht genau hingeschaut und hingehört, sonst hätte er sicher nicht von der Scheidung angefangen, die er erst später wollte, aber noch nicht jetzt.

Meine Mutter hatte bei ihrer Mutter gewohnt, bis sie fast vierzig war, und sie wollte nicht schon wieder eine alleinstehende Frau sein, noch dazu mit einem Kind, weil alleinstehende Frauen mit Kindern nichts gelten in unserer Welt. Vor allem geschiedene Frauen, die alleinstehen, gelten so gut wie gar nichts, sagte sie, und das wusste ich schon, weil meine Oma, bei der wir im Osten gewohnt hatten, es auch immer gesagt hatte. Im Osten war das nicht anders als im Westen, und das war früher nicht anders als jetzt, es war alles immer da. Als meine Mutter verstanden hatte, dass mein Vater nur wegen der Firma noch mit ihr verheiratet war und zu Hause nicht mehr pfeifen würde, ging der Krieg los.

Gegen verwitwete Frauen hatte die Welt nichts einzuwenden.

Meine Mutter war die Herrin über das Bad und die Küche.

Mein Vater fing an, sich abends nicht mehr zu

Hause, sondern gleich schon im Büro zu rasieren und auswärts zu essen, und dann kam er erst in der Nacht nach Hause. Manchmal auch gar nicht, weil er Dienstreisen nach New Jersey und Kalifornien machte, manchmal auch nach Japan und Argentinien, oder er hatte eine Besprechung, und wenn er nicht zu Hause war, konnte meine Mutter nicht schlafen, weil er eine andere hatte und sie nicht mehr liebte. Sie nahm Valium und sagte, ich bringe mich um, ich will nicht mehr leben, und dann kann er sehen, wie er damit fertig wird und ob er dann noch Karriere macht.

Das wird ihm die Karriere ganz schön versalzen, sagte sie und überlegte, wie viele von den Valium sie nehmen müsste, um meinem Vater die Karriere zu versalzen. Sie hatte die Tablettenröhrchen oft in der Hand und überlegte. Der Zeigefinger ihrer rechten Hand kletterte am Tablettenröhrchen Stück für Stück von oben nach unten, und kurz unter der Hälfte des Röhrchens hielt er an.

Meinst du, das reicht, fragte sie mich. Ich denke, das müsste reichen.

Ich sagte, bitte nicht, tu das bitte, bitte nicht, und sie sagte, ihn sollte ich umbringen. Ihn. Er hätte es verdient.

Ich wusste nicht, ob sie lieber ihn oder sich umbringen wollte, aber sie hatte zu der Zeit kaum mehr die Wahl, weil mein Vater ziemlich aufpasste, dass er seinen Kaffee morgens nicht mehr bei uns, sondern erst später im Büro trank. Wenn er am Abend zu Hause blieb, machte er seine Bierflasche selber auf, stellte sie während des Länderspiels vor sich auf den Tisch und ließ sie nicht aus den Augen.

Bei uns lief also keine Musik mehr, aber bei den Nachbarn lief noch sehr oft Musik, wenn die Nachrichten mit dem Vietnamkrieg zu Ende waren. Mein Zimmer war ganz nah an ihrer Wohnung dran, ich konnte sie reden hören, und wenn meine Mutter ins Bett gegangen war und ich eine Weile gelesen hatte, fing ich an, leise mitzusingen. Natürlich hatte ich noch eine Kinderstimme, aber wenn ich ein oder zwei Oktaven höher sang als Judy Garland und Louis Armstrong, waren es trotzdem die richtigen Melodien. Später sang ich lauter, weil meine Mutter schlief, und wenn mein Vater da war, machten sie sich sowieso meistens fertig oder hatten den Fernseher laufen, da hätte ich womöglich sogar Flöte spielen können, und sie hätten es nicht gehört, aber es war schön, dem Mikrochinesen im Dunklen etwas vorzusingen.

Am liebsten mochte ich zu der Zeit Billie Holiday, auch wenn ich damals noch nicht wusste, dass es Billie Holiday war. Es war wegen ihrer Stimme. Billie Holiday hatte eine viel höhere Stimme als Judy Garland und Louis Armstrong, und trotzdem konnte sie so schön singen, dass man hätte weinen mögen. Ich dachte, dass mein Dirigentenonkel sich bestimmt geirrt hatte, als er gesagt hatte, dass alle Soprane Zicken sind, Billie Holiday war keine Zicke, man brauchte nur zuzuhören, um zu wissen, dass sie ganz bestimmt keine Zicke war. Wenn man ihr zuhörte, hätte man denken können, sie weint gleich, aber sie weinte natürlich nicht, und ich weinte auch nicht, weil man entweder singen oder weinen kann, beides zusammen geht nicht, ich sang mit, und wegen Billie Holiday kam ich schließlich in den Kinderchor beim Radio, weil ich in der Schule ein Lied von ihr sang, als wir einen neuen Musiklehrer bekamen und alle vorsingen mussten. Der Musiklehrer hatte mehrere Chöre, zwei bei uns in der Schule und dazu noch ein paar beim Rundfunk, weil er nur Musiklehrer war und keine volle Lehrerstelle hatte, dafür aber viele Kinder. Deshalb brauchte er zu den beiden Chören an unserer Schule noch die Chöre beim Radio, um seine Kinder groß zu kriegen. Jedenfalls sagte er nach dem Vorsingen, dass ich das sehr schön gemacht hätte, auch wenn es ohne Text war, und dann fragte er, ob ich den Text auch könnte und ob ich wüsste, was Billie Holiday da gesungen hätte.

Sie ist ja leider schon lange tot, sagte er, aber sie war eine große Sängerin.

Ich kannte den Text nicht, weil ich nur die Töne von den Nachbarn zu uns herüberhören konnte, und wenn ich ihn gekannt hätte, weiß ich gar nicht, ob ich ihn verstanden hätte, weil es nicht ganz einfach ist, englische Lieder zu verstehen, und während man mitsingt, geht es gar nicht.

Der Musiklehrer sagte, wegen diesem Lied haben sie Billie Holiday umgebracht.

Ich hatte den Namen noch nie gehört, ich wusste nicht, von wem das Lied war oder dass es von Billie Holiday war, und natürlich konnte ich auch nicht wissen, dass sie umgebracht worden war.

Ich sagte, ich wusste nicht, dass es von Billie Holiday ist.

Als ich das sagte, fand ich, es klang, als ob ich wüsste, wer Billie Holiday war, ohne dass ich direkt gelogen hätte, eher hatte ich nur ein bisschen geschummelt. Der Musiklehrer sagte, dass sie sie vielleicht nicht im herkömmlichen Sinne umgebracht hätten, aber auf dem Gewissen hätten sie sie allemal, und ich traute mich nicht zu fragen, wer Billie Holiday auf dem Gewissen hätte, weil ich mich klein und dumm fühlte. Wenn man bloß die Melodie kennt und nicht mal den Text dazu und den Namen der Sängerin, und dann hat sie auch noch jemand auf dem Gewissen gehabt, und man weiß nicht, wer. Das kam mir vor wie eine Bildungslücke, und ich sagte lieber gar nichts, als jetzt von Marilyn Monroe anzufangen, weil dann vielleicht herausgekommen wäre, dass ich überhaupt keine Ahnung hatte. Aber der Musiklehrer sagte, dass ich meine Eltern fragen solle, ob ich im Rundfunkchor singen dürfe.

Meine Eltern stritten sich deswegen eine ganze Weile, aber es war nur, weil sie sich sowieso stritten und fertigmachten, wenn mein Vater überhaupt zu Hause war. Schließlich war es mein Vater, der mir den Rundfunkchor erlaubte, obwohl meine Mutter in der Zeitung gelesen hatte, dass junge Mädchen in Unterführungen oder in der U-Bahn und auf dem Nachhauseweg durch den Park oder am Waldrand immer vergewaltigt werden.

Als sie das sagte, verstand ich mit einem Schlag, was sie zu Doktor Blauert gesagt hatte, aber dadurch ist die Geschichte nicht leichter zu verstehen, sondern eher etwas komplizierter.

In der Zeitung stehen alle möglichen krausen Geschichten darüber, wer wo wann wen warum angegrabscht oder missbraucht oder vergewaltigt hat oder haben sollte, dazu steht meistens »brutal«, »verabscheuungswürdig« und noch irgendein Wort, das kann wechseln. Aber ich habe noch nie gelesen, dass Eltern ihren Töchtern deshalb die Pille verschreiben lassen. Eher schlagen sie Fremde zusammen oder hetzen Hunde auf sie, wenn sie über die Grenze wollen. Eher lassen sie sie ertrinken.

Eher zünden sie Flüchtlingsheime an, als ihren

Töchtern die Pille verschreiben zu lassen, jedenfalls kann man das denken, wenn man die Zeitung liest, weil die meisten, die ein Flüchtlingsheim angezündet haben, anschließend sagen, dass sie es getan haben, um ihre Frauen und Töchter vor den fremden Männern zu schützen.

Aber vielleicht irre ich mich: Vielleicht haben Sie ja längst Ihrer Tochter die Pille verschreiben lassen, anstatt ein Flüchtlingsheim anzuzünden oder Hunde auf jemanden zu hetzen, und dann steht natürlich nichts davon in der Zeitung, weil es nicht strafbar ist, seiner Tochter die Pille verschreiben zu lassen, auch wenn Doktor Blauert sich gewundert hat, warum ein so kleines Mädchen die Pille brauchen sollte.

Jedenfalls dachte ich eine ganze Zeit lang, dass es wegen des gefährlichen Waldrands und der fremden Männer war, auch wenn ich niemals dort langging. Schon wegen der Hunde, aber das waren nur die Hunde von den Leuten, die bei uns in der Gegend wohnten und die ich alle kannte. Beißen konnten die natürlich auch.

*

Als bei Gianni der Groschen gefallen war, sagte er eine ganze Weile gar nichts, und ich überlegte, was ihm durch den Kopf ging.

Dann sagte er, und was wusste deine Mutter?

Ich war froh, dass der Groschen gefallen war.

Nichts, sagte ich. Sie konnte nichts wissen. Sie war nicht dabei.

Falls Sie sich jetzt an das erinnern, was unter den besonders brutalen und verabscheuungswürdigen Überschriften in den Zeitungen steht, und falls es Sie interessiert, was passiert ist, wenn mein Vater *Reich mir die Hand, mein Leben, komm auf mein Schloss mit mir* gepfiffen hat, dann verstehe ich das vollkommen. Es ist immer interessant und gruselig, wenn jemand angegrabscht, missbraucht und vergewaltigt wird. Der Täter wird verhaftet und verhört. Alle Verhöre sind gleich.

Die Leser sind empört und wissen Bescheid, wie das mit dem Gut und dem Böse ist, und sie fürchten natürlich um ihre Sicherheit und die Sicherheit ihrer Frauen und Kinder.

Dem Täter wird der Prozess gemacht, und manchmal will es dann mit dem Wahr und Gelogen oder dem Richtig und Falsch und dem Gut und Böse nicht so ganz passen. Dann zieht der Prozess sich hin und endet mit Freispruch mangels Beweisen, alle sind enttäuscht und wissen es besser als das Gericht, weil die Wahrheit längst in der Zeitung stand.

Es ist wie im Krimi, und ich finde Krimis so langweilig wie Autounfälle. Der Täter kommt ins Gefängnis, die Tat ist gerächt, die Kinder kommen ins Heim und sind traumatisiert, und wenn die Opfer traumatisiert sind, ist es in Ordnung, weil Opfer immer traumatisiert sind und traumatisiert sein müssen.

Aber wenn Sie genau hinschauen, werden Sie sehen, was ich Ihnen erzählt habe. Ein Vater verprügelt sein Kind.

Als er das tat, war es erlaubt. Es war keine Straftat. Allenfalls eine Erziehungsmaßnahme zum Wohle des Kindes. Kein Verstoß gegen das Strafrecht, kein Verstoß gegen die UN-Charta.

Heute ist es nicht mehr erlaubt, sein Kind grün und blau zu schlagen, aber die Grenzen sind fließend, und ein Kind hat keine Stimme.

Nicht der Rede wert. Millionen Kinder sind umgekommen, verbrannt, verhungert, verdurstet, gefoltert. Millionen sind auf der Flucht, im Krieg, am Verhungern, auf dem Strich, weil ihre Eltern nicht mehr auf sie aufpassen können, und ich erzähle Ihnen, dass mein Vater mich verdroschen hat.

Hat die nichts Wichtigeres zu sagen?

Übrigens habe ich Ihnen nicht erzählt, was passierte, nachdem mein Vater *Reich mir die Hand, mein Leben, komm auf mein Schloss mit mir* gepfiffen hatte.

Sie wissen es also nicht. Es geht Sie nichts an.

Meine Mutter wusste es auch nicht, weil sie auf dem Elternabend war oder in der Küche das Radio laut laufen hatte.

Gianni sagte also: Was hat deine Mutter gewusst?

Nichts.

Sie hat nicht gewusst, was ihr Mann mit ihrem Kind macht, aber für alle Fälle hat sie dir die Pille verschreiben lassen?, sagte Gianni.

Sie erinnert sich nicht mehr daran, sagte ich, aber sie hat auf mich aufgepasst.

Im Übrigen ist auch das nicht der Rede wert. Eine Mutter geht mit ihrer Tochter zum Arzt, weil sie sich Sorgen macht.

Wir haben die Verantwortung für unsere Kinder.

Wir haben Verantwortung in der Welt.

Der Arzt verschreibt ein Präparat. Andere Ärzte verschreiben auch Präparate, das war vor fünfzig Jahren nicht anders als heute, auch wenn Megaphen irgendwann vom Markt genommen wurde und verschwand. Genau wie Agent Orange. Und wenn es lange genug verschwunden und eine Weile her ist und niemand mehr davon spricht, hat es das nie gegeben.

Nur die Kinder, die noch geboren werden, wo Sie und ich nicht mehr hinschauen, weil es das nie gegeben hat: Diese Kinder wissen, dass es das gibt.

Als ich die Geschichte mit Doktor Blauert halbwegs verstanden hatte, fing ich an, auf mich selbst aufzupassen.

Mein Kühlschrank weiß nicht, was mir fehlt.

*

Die Seebestattung war im Oktober. Es war der letzte Tag der Hummersaison am Atlantik, aber das wussten wir natürlich nicht.

Gegen Mittag waren wir mit dem Schiff aufs Meer hinausgefahren, einigen Gästen wurde schlecht, obwohl sie etwas gegen die Reisekrankheit genommen hatten, aber es half offenbar nicht bei Seegang. Wir kannten niemanden außer der Frau meines Vaters, die wir seit dreißig Jahren nicht gesehen hatten. Sie warf Rosen ins Meer, ich hatte Lilien gekauft, anschließend gingen alle in ein Steakhaus zum Essen, aber wir kannten niemanden, also gingen wir nicht mit. Wir hatten eine kleine Wohnung gemietet. Es war ein warmer Oktobertag, der Ort war leer, und auf dem Weg vom Meer zu unserer Wohnung kauften wir einen Teddybär.

Claude hatte in der Woche vorher ihr Kind bekommen und war noch im Krankenhaus. Noah war die meiste Zeit auch im Krankenhaus. Er ging zum Telefonieren und Rauchen nach unten vor die Tür, und als wir ihn anriefen, klang er erschöpft, aber er war froh, jemandem erzählen zu können, wie überwältigt er war. Wir redeten eine Stunde oder noch etwas länger, bis er sagte, jetzt gehe ich mal wieder nach oben und schaue nach den beiden.

Später gingen Gianni und ich am Wasser entlang und lasen die Speisekarten vor den Restaurants, in denen nur wenige Leute saßen, und als wir auf einer der Karten die Hummer entdeckten, setzten wir uns auf die Terrasse und bestellten einen Kir.

Auf deinen Vater, sagte Gianni, als der Kir kam.

Und auf den Kleinen, sagte ich.

Auf welchen von den beiden Kleinen, sagte Gianni.

Ich sagte, auf beide.

Und dann stießen wir an und tranken auf Väter und Mütter und Söhne und Töchter und wünschten ihnen allen Glück, obwohl es nicht danach aussieht, als ob die Menschen in der Zukunft vernünftiger würden, eher sieht es so aus, als würde die eine Hälfte der Menschheit durch Kriege und Flucht umgebracht, und die andere Hälfte verhungert.

Danach bestellten wir Hummer.

Ich habe manchmal mit meinem Vater im Restaurant Hummer gegessen, wenn wir uns trafen. Als ich Gianni kennengelernt hatte, kam er ein paarmal mit, und nachdem mein Vater geheiratet hatte, war seine

Frau auch hin und wieder dabei, aber wir haben keinen Hummer gegessen.

Als Noah auf der Welt war, trafen wir uns nicht mehr.

Es war gar nichts vorgefallen, wir hörten einfach nur auf, uns zu sehen, und danach trafen wir uns nie mehr.

Bei Weidemanns war es der pure Zufall gewesen, dass wir uns getroffen haben. Meine Mutter war auf einer Klassenfahrt, mein Vater war schon Direktor in der medizinischen Abteilung, und ich war immer noch ein Kind und hatte einen gewaltigen Stimmbruch bekommen.

Meine Mutter machte sich deshalb natürlich Sorgen, weil Mädchen keinen Stimmbruch bekommen, sie wollte mit mir zum Arzt und die Stimmbänder überprüfen lassen, aber ich ging nicht mehr mit ihr zu Ärzten. Außerdem hörte ich, als sie sich Sorgen um meine Stimmbänder machte, Louis Armstrong laut lachen, und ich weiß nicht, ob Sie Louis Armstrong je lachen gehört haben – man kann gar nichts dagegen machen, es steckt einen sofort an.

Im Rundfunkchor versuchten sie es noch eine Weile mit mir, dann gaben sie auf und sagten, dass man abwarten müsse, ob jemals ein passabler Alt daraus werden würde, sie könnten meinen krächzenden Bariton leider nicht gebrauchen.

Ich war gern im Kinderchor, und außerdem war ich durch den Rundfunk reich geworden, weil jedes Kind für jede Probe am Ende des Monats viel Geld bekam und für die Aufnahmen und Sendungen doppelt.

Am Tag, als mir beim Rundfunk gekündigt wurde, bekam ich zum letzten Mal viel Geld und stieg unterwegs aus der Straßenbahn aus, weil ich noch nicht nach Hause wollte. Meine Mutter war nicht da, und mein Vater würde erst sehr spät kommen, wenn er überhaupt käme.

Ich stieg also aus der Bahn aus und ging mit dem vielen Geld in der Tasche durch die Straßen. Meine Haare hatten angefangen zu wachsen, weil ich nicht mehr zum Friseur ging, sie waren natürlich noch nicht lang genug für eine Hochsteckfrisur, aber immerhin hatte ich jetzt meine tiefe Stimme, auch wenn sie noch krächzte und Leute erschreckte. Ich war reich, fühlte mich erwachsen und frei, und es gab nichts Schöneres, als erwachsen zu sein, durch die Straßen zu gehen und vor den Restaurants die Speisekarten zu lesen.

Bei Weidemanns musste ich die Speisekarte gar nicht erst lesen, weil ein Duft aus dem Restaurant bis auf die Straße drang, dem ich nicht widerstehen konnte. Er erinnerte mich ans Flüchtlingslager.

In der Gemeinschaftsküche des Flüchtlingslagers hatte es so ähnlich gerochen, und der Duft kam nicht von den Klößen mit Mehlsoße oder der Milchsuppe, die meine Mutter dort kochte, sondern aus den Töpfen der Rumäninnen und Bulgarinnen. Während sie kochten, redeten sie und lachten und ließen sich gegenseitig kosten. Ihre Kinder waren auch dabei. Es waren meistens ziemlich viele, und sie kosteten auch.

Das Geschnatter in der Küche war wie eine lustige Melodie. Das Essen roch nach Gewürzen, die ich nicht kannte, und ich dachte sofort an die Köstlichkeiten aus Chengdu oder Paris und an das Treiben auf dem Markt von Bagdad, von dem Onkel Winkelmann immer erzählte, wenn ich den Schnee in seiner Schneekugel auf eine der Städte in der Welt geschüttelt hatte oder wenn er mir aus einem seiner Bücher vorlas.

Die Rumäninnen und Bulgarinnen hätten mich auch gern von ihrem Essen kosten lassen, aber meine Mutter sagte, dass wir von ihnen nichts essen wollten, weil sie keine Deutschen waren, sondern aus Rumänien und Bulgarien kamen, und so, wie sie nach Knoblauch dufteten, waren sie wahrscheinlich Zigeunerinnen.

Bei Tassilos Familie hatte es ähnlich gerochen, als ich einmal bei ihnen eingeladen war, aber da war ich noch in der Grundschule. Inzwischen waren wir längst umgezogen, und ich ging aufs Gymnasium. Tassilo war Italiener, und bei uns auf dem Gymnasium waren keine Italiener, vielleicht waren auf anderen Gymnasien Italiener, jedenfalls war mir Tassilo nicht mehr begegnet, seit wir umgezogen waren.

Es duftete aus der Küche bei Weidemanns bis auf die Straße nach Knoblauch, ich war reich und erwachsen und ging hinein.

Als ich Gianni am Atlantik davon erzählte, war es auf der Terrasse immer noch warm, obwohl es schon dunkel war und die Wirtin mit Kerzen kam. Der Tisch sah wunderschön aus. Schwere weiße Tischdecke und Servietten, dunkelgrüne Gestecke und dazu die Kerzen.

Du musst dir das so vorstellen, sage ich zu Gianni. Kommt ein kleines Mädchen abends um halb sieben in ein Sternerestaurant, das gerade geöffnet hat. Setzt sich möglichst unauffällig in die hinterste Ecke und versucht so auszusehen, als wäre es mindestens siebzehn. Der Kellner denkt kurz nach, und dann tut er auch so, als wäre es älter als zwölf. Er bringt die Karte und fragt mit französischem Akzent, ob er Mademoiselle schon etwas bringen dürfe.

Mademoiselle würde an dieser Stelle am liebsten weglaufen, weil sie sich übernommen hat und sich nun schrecklich fürchtet.

Gianni sagt, durchkitzeln könnte man dich.

Auf der Karte stehen lauter Gerichte, die ich nicht kenne. Wachteln, Perlhuhn, Filet Mignon. Alles, was ich nicht kenne, ist Verheißung. Die ganze Welt ist Verheißung, das Gratin von den roten Früchten, die Zabaione, der Hummer armoricaine, die Schnecken.

Hummer kenne ich natürlich, weil mein Vater in New Jersey Hummer gegessen hat, er hatte das Foto davon in seinem Portemonnaie und hat es meiner Mutter und mir gezeigt; die Frau mit den kurzen Haaren, die auch auf dem Foto drauf war, hieß Alice.

Hummer kenne ich also vom Hörensagen, sage ich zu Gianni, und Schnecken kenne ich sowieso, weil sie das Lieblingsgericht des Mikrochinesen sind. Sie duften phantastisch, aber wenn sie so in den Gehäusen vor einem stehen, fragt man sich, wie man sie isst.

Und wie hat man sie gegessen, sagt Gianni.

Ich sage, sie haben sich gewehrt und mich ziemlich beschäftigt.

Und wie ich noch mit den Schnecken beschäftigt bin und der Laden sich langsam füllt, geht die Tür auf, und ich rieche das Rasierwasser meines Vaters, bevor ich ihn selbst reinkommen sehe. Er geht voran und hält der Frau die Tür auf.

Hat er dich gesehen, sagt Gianni.

Noch nicht gleich, sage ich. Ich saß unauffällig in der hintersten Ecke, und er war mit der Frau beschäftigt.

Mein Vater und die Frau bestellen Hummer.

Unser Hummer kam, wir fingen an zu essen, und Gianni sagte nach den ersten paar Bissen, eigentlich ist es schade, dass dein Vater den Hummer hier nicht mehr essen kann.

Ich sagte, die Schnecken jedenfalls, sosehr sie sich auch wehrten, waren sofort mein Lieblingsgericht.

Von links kam der Mond in den Blick, es war ein großer Oktobermond.

Und wie ist es weitergegangen, sagt Gianni.

Irgendwann hat er mich gesehen, ich konnte mich schließlich nicht unterm Tisch verstecken. Unterm Tisch oder im Uhrenkasten. Er hat mich gesehen und sein Gesicht der Frau neben ihm zugedreht, ohne mich aus den Augen zu lassen, er wurde weiß im Gesicht, überlegte einen Moment und unterhielt sich dann mit der Frau. Aber er hatte Angst.

Hat sie was gemerkt, sagt Gianni.

Weiß ich nicht, sage ich. Kommt drauf an, wie gut sie sich kannten.

Und du, sagte Gianni, was hast du gemacht?

Was soll ich gemacht haben? Gar nichts. Schnecken gegessen. Sie haben keinen Nachtisch bestellt, mein Vater hat gezahlt und ist hinter ihr rausgegangen, ohne mich noch mal anzusehen. Ich bin sitzen geblieben. Dann habe ich auch gezahlt, bin zur Straßenbahnhaltestelle gegangen und nach Hause gefahren.

*

Das war's.

Und dann?, sagen Sie jetzt vielleicht.

Nichts dann. Für heute kommt erst einmal nichts mehr.

Das soll schon alles gewesen sein, können Sie mich fragen.

Das war schon alles.

Eigentlich nicht der Rede wert. Das habe ich Ihnen ja gleich gesagt.

Aber dann habe ich es Ihnen trotzdem erzählt.

Vielleicht weil ich denke, dass Sie auf sich aufpassen sollten. Solange Sie es noch können.

Ihr Kühlschrank weiß nicht, was Ihnen fehlt.

Und dann war da noch etwas offen, weshalb ich das alles erzählt habe, auch wenn es nicht der Rede wert gewesen sein sollte.

Das Kind weiß, wie Indianer schwören, und es hat dem Mikrochinesen etwas versprochen.

Aber es ist noch ein Kind. Ein Kind hat keine Stimme.

Teppichklopfer, sagt sich das Kind. Merk dir unbedingt Teppichklopfer. Was für ein albernes Wort.